Sans compter

Du même auteur

Romans

Bleu comme l'enfer, B.F.B., 1982 ; J'ai lu n° 1971.
Zone érogène, Bernard Barrault, 1984 ; J'ai lu n° 2062.
37°2 le matin, Bernard Barrault, 1985 ; J'ai lu n° 1951.
Maudit manège, Bernard Barrault, 1986 ; J'ai lu n° 2167.
Échine, Bernard Barrault, 1988 ; J'ai lu n° 2658.
Lent dehors, Bernard Barrault, 1991 ; Folio n° 2437.
Sotos, Gallimard, 1993 ; Folio n° 2708.
Assassins, Gallimard, 1994 ; Folio n° 2845.
Criminels, Gallimard, 1997 ; Folio n° 3135.
Sainte-Bob, Gallimard, 1998 ; Folio n° 3324.
Vers chez les blancs, Gallimard, 2000 ; Folio n° 3574.
Ça, c'est un baiser, Gallimard, 2002 ; Folio n° 4027.
Frictions, Gallimard, 2003 ; Folio n° 4178.
Impuretés, Gallimard, 2005 ; Folio n° 4400.
Doggy Bag, Julliard, 2005-2008.
Impardonnables, Gallimard, 2009 ; Folio n° 5075.
Incidences, Gallimard, 2010 ; Folio n° 5303.
Vengeances, Gallimard, 2011 ; Folio n° 5490.
« Oh… », Gallimard, 2012 ; Folio n° 5704.
Love song, Gallimard, 2013 ; Folio n° 5911.
Chéri-Chéri, Gallimard, 2014 ; Folio n° 6098.
Dispersez-vous, ralliez-vous !, Gallimard, 2016 ; Folio n° 6293.
Marlène, Gallimard, 2017 ; Folio n° 6537.
À l'aube, Gallimard, 2018 ; Folio n° 6671.
Les Inéquitables, Gallimard, 2019 ; Folio n° 6822.
2030, Flammarion, 2020 ; J'ai lu, 2021.
Double Nelson, Flammarion, 2021 ; J'ai lu, 2023.

suite en fin d'ouvrage

Philippe Djian

Sans compter

roman

Flammarion

ISBN : 978-2-0802-5646-1

Il fait un froid de canard ce soir, et le vent souffle en bourrasques, chargé d'humidité. Je m'élance malgré tout en grimaçant vers le cabanon du jardin pour voir ce que Gaby fabrique. Je me penche au carreau, les oreilles encore sifflantes de leur querelle.

Mais elle a fichu le camp. Elle n'a pas traîné.

Je décide qu'il n'est pas nécessaire de mettre ma femme au courant vu l'état d'énervement dans lequel elle se trouvait encore un instant plus tôt.

Je me donne quelques minutes avant de retourner auprès d'elle. Je m'assois au bureau de Gaby, je pose mes fesses sur son coussin fétiche, je touche ses stylos, je m'imprègne de l'ambiance, je fais tourner le siège sur son axe, puis je sors.

Je retrouve Sylvia dans la cuisine, cramponnée à l'évier, la tête basse, tandis que l'eau coule pour rien.

Ça va, lui dis-je. Elle ne veut voir personne. Calme-toi.

Nathan, réplique-t-elle. Laisse-moi tranquille.

Écoute, tu ferais mieux de venir te coucher.

Elle pérore toute seule, pendant un bon moment. Je suis déjà dans mon lit, les mains croisées derrière la tête, face au plafond que j'ai repeint six mois plus tôt à la suite d'une fuite dans la salle de bains de Gaby, le même jour qu'avait choisi mon rédacteur en chef pour m'annoncer une réduction sévère du nombre des collaborateurs de *L'Éveil*, le journal local qui m'employait depuis des années. Un malheur n'arrive jamais seul.

Je ne suis pas très satisfait de mon travail, c'est loin d'être parfait. Les raccords sont visibles, certaines traces de rouleau et une couche d'enduit moyennement maîtrisée complètent le tableau. J'étais pressé de m'en débarrasser, je déteste bricoler. Sylvia n'avait fait aucune remarque mais je la connais. Je l'entends fulminer tout en se brossant les cheveux. Je sens leur odeur. Elle vit assez mal le fait que tout repose sur ses épaules, financièrement, depuis que je ne rapporte plus grand-chose à la maison, et son humeur s'en ressent, elle s'emporte plus facilement.

Gaby le sait très bien, mais elle ne fait rien pour arranger les choses. Pour des raisons obscures, elle participe au loyer et met de l'argent dans un saladier, pour les courses.

Cette vieille folle, déclare Sylvia en ouvrant les draps de son côté.

Je me retiens de tempérer son affirmation car je sais ce qu'il en coûte d'intervenir dans leurs histoires. Et il m'est arrivé d'avoir la mère et la fille contre moi, au bout du compte. Sommé de choisir mon camp. Et si je tarde trop, je déclenche sur ma tête une sorte d'avalanche. Je suis le seul homme à la maison. Je crois qu'elles en profitent.

J'ai expliqué à Rodolphe, qui n'ignore rien de ma situation, qu'il ne pouvait pas me faire un coup pareil. Je sais qu'il m'aime bien, mais je sais aussi qu'il s'en fout. Je leur ai écrit durant des années le feuilleton de l'été, j'ai traversé le pays dans tous les sens pour eux, j'ai marché dans les ronces et dans la boue pour aller ramasser les ragots des familles du coin, j'ai toujours été là pour le bouclage, pour écrire des trucs à la dernière minute, et je lui ai dit Rodolphe, tu as la mémoire courte. Et je suis poli. Il a hoché la tête puis il est retourné s'asseoir à son bureau.

Quand je termine l'inspection du plafond, centimètre après centimètre en plissant les yeux, me rappelant à quel point je me suis mordu les lèvres au cours de son exécution sur une échelle bancale, dans une sale odeur de peinture, le cou en mille morceaux, je me tourne vers Sylvia mais je m'aperçois qu'elle s'est endormie. Je suis toujours fasciné par cette faculté qu'elle a de passer d'un état de tension extrême au calme absolu, au point de trouver le sommeil, un sommeil profond, en quelques minutes, presque en claquant des doigts.

Elle a oublié de mettre son pyjama et son visage est apaisé. Je donnerais cher pour mettre un pied dans l'un de ses rêves, débarquer dans un monde inconnu, entièrement conçu par elle, tomber au beau milieu d'une situation incongrue, du genre Alice au pays des merveilles. Bref, je l'observe un moment, j'étudie sa respiration délicate, puis je me lève.

Il est plus d'une heure du matin, le vent est tombé mais le froid est là qui pèse comme une enclume. Il n'y a toujours pas de lumière dans le cabanon. Mais il se peut que Gaby soit rentrée et qu'elle se soit endormie dans son fauteuil à bascule. J'hésite à sortir pour vérifier. C'est du sérieux, cette fois. Passer la nuit au fond du jardin, dans cette sacrée cabane, est tout à fait exceptionnel, surtout en hiver. Elle tient plutôt à son confort, et elle a aussi sa chambre à la maison.

Je ne sais même plus ce qui a mis le feu aux poudres avec Sylvia, mais j'ai dû prendre un casque et j'ai écouté le dernier *Arab Strap* pendant qu'elles s'invectivaient. Je bois un grand verre d'eau, pieds nus sur le carrelage de la cuisine. Puis je passe au salon, je vois le portail ouvert et je m'aperçois que sa voiture n'est pas là.

C'est assez inquiétant car les routes sont encore verglacées et Gaby n'est pas une excellente conductrice, ça tout le monde le sait. Sa Volvo s'est couchée dans le fossé, l'année passée, en pleine ligne droite, et l'hiver dernier, à la première tempête de neige, elle est montée, Dieu sait comment et au volant de la sienne, sur une voiture garée dans un virage. Je connais son assureur, heureusement. Je suis au courant de sa liaison avec une fille de la mairie.

Je me sens un peu coupable d'avoir fait croire à Sylvia que sa mère s'était barricadée dans son antre alors qu'elle s'est envolée. J'ai eu tort d'imaginer une de ces fausses sorties dont elle a le secret. J'ai manqué de finesse. Je ne suis pas très emballé par un tour en voiture, d'autant que mes chances de la retrouver sont minimes. Mais il y a le clair de lune, la nuit scintille, le calme règne et j'ai des pneus neige.

En ce moment, j'ai besoin d'activité, quelle qu'elle soit. Dehors, le silence est absolu, le décor est net, comme irradié. Je me harnache et file jusqu'à ma voiture en m'enfonçant un bonnet sur la tête. Il doit faire moins dix, le sol est couvert d'une couche de neige compactée, grise, dure comme de la pierre et qui ne fond pas d'un millimètre. Il faut savoir conduire sur une chaussée glissante et je suis étonné que Gaby n'ait pas eu davantage d'accidents. Je ne sais pas comment je peux encore monter à côté d'elle, à la place du mort, c'est complètement absurde de ma part.

Pas la moindre trace de Gaby sur la route, mais elle a pu en prendre une autre, ou partir en sens inverse, je tourne un peu dans le centre, les rues sont désertes, quelques ombres autour d'un brasero, un chien errant à poil ras, court sur pattes, traverse devant moi, je manque de l'écraser et je regarde à tout hasard si je ne vois pas un bar ouvert. Au bout d'un moment, je fais demi-tour, je rentre en prenant un autre chemin. Les toits sont couverts de neige cristallisée, d'un blanc bleuté. Il n'y a pas de ravins aux alentours, ça me rassure, sauf si elle s'est enfoncée dans les bois, mais je préfère ne pas y penser. Je roule doucement, sans quitter des yeux les bas-côtés. Il s'agit presque d'une promenade. Je baisse un instant ma vitre mais l'air est vraiment trop froid. Je croise un semi-remorque, le type m'adresse un geste amical qui me tranquillise.

Il n'empêche que je rentre bredouille. Je ne compte pas y passer la nuit. Je ne peux pas faire mieux. Je ralentis devant la maison. Je ne me sens pas très rassuré néanmoins, le malheur guette parfois au coin de la rue, je perds un peu le sommeil en ce moment, j'ai du mal à m'endormir, de sorte que je décide de poursuivre mon chemin vers les bois afin d'en avoir le cœur net.

Or, de la route, j'aperçois sa Volvo qui a regagné sa place dans la cour de la maison. Tout est éteint. Je coupe le moteur et me gare en silence à côté de la vieille Amazon P130 rouge sombre. Je jette un rapide coup d'œil à la carrosserie et je ne vois pas de sang à l'intérieur. Tout semble normal. Je referme ma portière le plus délicatement possible. Je note que Gaby a tiré les volets du cabanon. Un rai de lumière tremblote cependant à leur jointure. Je n'ai pas besoin d'en voir davantage. Je tourne le dos et rentre chez moi.

Je pends ma canadienne dans l'entrée, je retire mes bottes et je retourne boire un grand verre d'eau à la cuisine.

Il est très tard, mais au moins elle est rentrée, l'alerte a été chaude. Je n'aime pas du tout quand elles s'apostrophent de cette manière. Sous la neige, le cabanon brille comme une maison de poupée en sucre. Il n'y a pas de raison que tout cela se termine en drame, me dis-je. Je remonte me coucher. Je reste allongé pendant une heure sans fermer l'œil, puis je me relève et je regarde un film sans mettre le son. Je dors à peine deux ou trois heures quand l'aube se met à poudroyer.

Sylvia est sur le point de partir travailler. Une tasse de café à la main, elle me demande, avec un léger signe de tête en direction du cabanon, si sa mère y a passé la nuit.

Je réponds que oui, ça m'en a tout l'air.

Quel fichu caractère elle a, soupire-t-elle. Mais il ne faut pas avoir peur de lui dire ses quatre vérités. Ça ne lui fait pas de mal.

Comme Sylvia guette mon approbation, je déclare que ça ne fait de mal à personne.

Elle me considère une seconde avant de jeter un coup d'œil à sa montre. Elle semble prendre l'incident de la veille à la légère, reléguant l'affaire au niveau d'une simple prise de bec qu'elle va s'empresser d'oublier car ça ne vaut pas la peine d'y revenir. Je suis d'accord.

Je la regarde sortir. Quoi qu'elle en dise, je ne serais pas étonné d'avoir à les séparer, un de ces quatre. J'exagère à peine. Certaines blessures ne se referment jamais. Parfois c'est moi qui suis pris d'une sérieuse envie de sauter dans ma voiture et de filer pour ne plus les entendre. Il m'arrive de sortir dans le jardin, et si je suis bien équipé, si c'est une belle journée, je peux tenir un moment dehors avec une couverture sur les genoux. Je rentre quand elles sont épuisées, je suis transi mais ravi de retrouver une maison calme et silencieuse.

Je suis sur le point de me rendre en ville lorsque Gaby ouvre les volets du cabanon. On échange un bonjour de la main. Je prépare des cafés.

Tu as dû te les geler, lui dis-je.

Oui, mais pas tant que ça. Je n'y ai même pas pensé.

Je plisse les yeux en regardant dehors. Les arbres bourgeonnent à peine mais ils en profitent pour se couvrir d'un voile rosé, mousseux, accroché aux jeunes branches et qui frémit sur un fond de ciel bleu.

En tout cas, écoute, je n'aime pas te savoir sur la route, en pleine nuit, c'est une vraie patinoire. Dans l'état d'énervement où tu étais. Ce n'est pas très raisonnable avec tous ces chauffards et ces ivrognes.

Elle s'étonne que je sois au courant de son escapade. Elle aimerait bien savoir si des fois je ne l'espionnerais pas.

Non, mais je dors mal en ce moment. Je déambule dans la maison, j'ai vu que ta voiture n'était plus là. J'ai eu tort de m'inquiéter. Mais une sortie en raquettes, à travers champs, bien emmitouflée, ça marche aussi.

Elle resserre les pans de sa robe de chambre et s'installe à la table de la cuisine. Nathan, j'ai soixante ans, déclare-t-elle le dos tourné, j'ai passé l'âge de recevoir des leçons.

Okay, ce n'était pas mon intention.

Elle secoue la tête. Mais non. Je ne parlais pas de ça. Sylvia est odieuse. Je n'ai pas de leçons à recevoir de sa part. Je suis quand même libre de faire ce que je veux, il me semble. Ces terrains m'appartiennent.

Absolument.

Elle se lève en soupirant, avec un pâle sourire qui ne m'est pas destiné.

Dans un élan de générosité qui doit le surprendre lui-même, Rodolphe m'accorde quelques piges ici et là. C'est à peine un travail à mi-temps, qu'il me paie une misère, mais c'est la branche à laquelle j'ai pu me rattraper et qui m'a maintenu la tête hors de l'eau après son coup de balai. Ces six derniers mois, j'ai pu subvenir à mes besoins courants, j'ai gagné mon argent de poche avec ces piges, de sorte que j'ai pu conserver un semblant d'autonomie, de fierté, sinon j'étais cuit, j'aurais dû me résigner à vivre aux crochets de ma femme. Sous les yeux de sa mère.

Je sais ce que je dois à Rodolphe. Il m'a tiré du mauvais pas où il m'a mis. Je lui dis que j'aimerais reprendre du service à plein temps. Il tousse dans son poing. Il vient de terminer la lecture d'un papier que j'ai écrit à propos de cette randonneuse qui errait depuis quinze jours dans les bois à moitié morte de froid et de faim, et il a hoché la tête d'un air satisfait, ce qui m'a poussé à jouer mon va-tout.

J'ajoute qu'il ne trouvera pas de meilleur rewriter à des kilomètres à la ronde, ce qui n'est pas faux.

Il prend une grande inspiration, il ne sait pas, il va voir, la presse va tellement mal, comme je suis censé le savoir, on a affaire à une bande de requins. Ils achètent tout.

Oui, mais non, ils n'achètent pas tout. Ils vivent dans un monde qui les dépasse.

Il a une grimace évasive. J'espère que ta belle-mère tiendra bon. Si elle vend, c'est la fin. On sera tous à la rue. C'est pour ça que je vais te réintégrer à temps plein. Ne te réjouis pas trop vite. Parce qu'on n'en a plus pour très longtemps. Tu seras là pour raconter la fin de l'histoire.

Non, écoute, elle est bien placée pour savoir que Robert se serait battu pour son journal. Elle se battra. Robert les aurait attrapés par les couilles. Sois un peu optimiste.

Elle est un peu évaporée, non. Ce n'est pas trop rassurant.

Où as-tu vu qu'elle était évaporée. Tu as lu ses poèmes. Non, si tu les avais lus, tu ne dirais pas ça. Elle n'est pas évaporée, elle est habitée, ça n'a rien à voir. Tu n'écris pas de poésie, toi. Moi non plus. Tout le monde n'est pas touché par la grâce.

Mais évaporée, non, je te rassure. Ce n'est pas le genre de la maison.

Je retrouve mon casier. Ça n'a l'air de rien mais je commençais à désespérer de vivre un tel moment. La petite clé n'avait pas quitté mon trousseau durant ces longs mois. En vérité, je ne m'attendais pas à une réintégration immédiate et je suis encore sous le coup de l'agréable surprise quand je m'assois derrière mon bureau, règle mon siège, rebranche mon ordinateur, vérifie ma ligne téléphonique, sors mon Rolodex du placard. Je souris. Je suis satisfait. J'ai l'impression de sortir d'un mauvais rêve.

Rodolphe me regarde du fond de la salle, derrière son bureau vitré. Il fronce les sourcils mais il se sourit à lui-même. Nous avons bossé ensemble durant pas moins de dix ans. J'ai appris beaucoup de choses avec lui. Il se lève et vient me parler de la randonneuse. Il ne me dit pas que mon papier est bon, mais il aimerait la suite.

Je reste un instant interloqué.

Tu vois, poursuit-il, quelque chose de plus fouillé, je ne sais pas, il y a quelque chose d'étrange là-dessous.

Je dodeline de la tête. Hmm hmm, je vois, ouais ouais ouais. En fait, je ne vois pas grand-chose mais il met mon cerveau en ébullition.

Elle te connaît, poursuit-il. Tourne un peu autour, discute un peu avec elle. Trouve n'importe quoi. Mon instinct me dit qu'il y a encore du grain à moudre avec cette histoire.

Oui, c'est une fille assez bizarre. Pas très bavarde. Il y a un mystère qui plane. On a de bons ingrédients. Je vois où tu veux en venir. Il faut que j'y travaille.

Si on n'a pas de flair dans ce métier, déclare-t-il avant de me laisser, il vaut mieux changer de crémerie.

Josefa, la secrétaire de rédaction, me tombe dans les bras lorsqu'elle apprend que j'ai retrouvé ma place. Elle revient de sa pause déjeuner. Elle a encore une particule de nourriture au coin de la lèvre, et je la lui indique discrètement. C'est une amie. Elle se souvient très bien de la randonneuse. Elle va me procurer tout ce qui la concerne. Pendant trois jours, tous les médias de la région en ont parlé. Depuis, ils ont oublié son nom.

Je n'ai rencontré cette femme qu'une fois, pour écrire mon papier, à sa sortie de la clinique. Je pensais en avoir pour dix minutes, de quoi griffonner une simple brève, mais elle s'est évanouie sur le trottoir et j'ai dû la ramener à l'intérieur. Chute de tension. J'avais pas mal de temps libre alors, et je suis resté à côté d'elle sur la banquette de la salle d'attente, pendant qu'on s'occupait d'elle, j'ai attendu qu'elle se sente mieux et elle m'a remercié.

Je hausse les épaules. J'espère qu'elle va s'en souvenir, dis-je. J'aimerais bien m'entretenir de nouveau avec elle.

Josefa me promet d'arranger ça. Je suis vraiment contente que tu sois revenu, déclare-t-elle en m'enlaçant à nouveau.

Je n'arrive pas à croire que cet enfoiré ait pu me virer, dis-je. Il m'a quand même mis six mois au placard.

Il a envoyé un message à l'autre camp, déclare Josefa avec un haussement d'épaules. L'indépendance de la rédaction, *L'Éveil* n'est pas à vendre et tout le toutim. Les gens devraient avoir le droit de se battre en duel. Pendant ce temps, ils arrêteraient d'emmerder les autres.

Le soir, au moment du dîner, l'ambiance n'est pas fameuse. Elle n'est pas abominable non plus. Après s'être ignorées, elles échangent à présent quelques coups d'œil sans prononcer un mot. C'est un peu mieux. Le repas est vite expédié. Je suis pratiquement le seul à parler, elles sont pénibles. Le feu crépite dans la cheminée.

Néanmoins, je suis soulagé de reprendre un travail à plein temps. La mort de Robert, quatre ans plus tôt, a rebattu les cartes. Mon beau-père avait tout sur les épaules, je ne ne m'étais aperçu de rien. Puis la maison a brûlé, et lui avec, et j'ai commencé à ouvrir les yeux, à entrevoir la réalité. J'allais avoir du mal à endosser son costume et ça n'a pas raté. Je viens de m'extirper d'une passe difficile qui a duré six mois, une éternité durant laquelle les flammes de l'humiliation m'ont léché les fesses. Je sais que je reviens de loin. Je suis soulagé.

Je remets une bûche en leur parlant du travail que Rodolphe m'a confié et la conversation s'anime un peu. Nous terminons la bouteille de vin blanc.

C'est le brouillard total, dis-je, on ne sait toujours pas ce qui lui est arrivé. Elle était tellement choquée quand on l'a retrouvée qu'elle en bégayait, et elle en a bégayé pendant des jours, pour ce que j'en sais, dès lors qu'on remettait son aventure sur le tapis. Les enquêteurs, elle les a rendus fous et ils ont laissé tomber. Aucune de ses explications ne tenait. On l'appelle la randonneuse, mais peut-être ne randonnait-elle rien du tout. Déjà, pour faire de la randonnée par ce froid, il faut être un peu barré, non.

Te voilà tout excité, me taquine Sylvia.

Rodolphe me fait confiance. C'est ce qui compte, pour moi. Je t'avoue que je commençais à douter.

Il était dans une position compliquée, intervient Gaby qui a ôté ses chaussons et réchauffe ses pieds nus devant la cheminée. Il ne peut pas se permettre de les avoir contre lui. C'est un moucheron, pour eux. Ils vont se contenter de quelques parts dans un premier temps, c'est une manière de mettre un pied dans la porte. Mais nous sommes vigilants.

Maman, s'il te plaît, déclare Sylvia, ne recommençons pas. Changeons de sujet, d'accord.

Après quelques secondes, je romps le silence.

J'ai commencé son portrait pour le numéro qui va sortir, dis-je. Ça va être intéressant de lui donner une suite. Je pense que Rodolphe a du nez, une fois de plus. Josefa s'occupe déjà de rassembler tout ce qu'elle peut sur cette femme. On va réfléchir, on va creuser. Je dois absolument la revoir. Oui, je suis impatient. Je me demande si elle joue la comédie ou si elle a vraiment reçu un coup sur la tête. Je voudrais en avoir le cœur net.

J'aime bien les regarder dormir. Très rarement ensemble, sans doute, quoique parfois en été, sur le sable ou dans l'herbe. Mais les regarder dormir une par une me suffit – à condition que l'hiver ne soit pas trop long.

Je suis un peu pris en ce moment, avec la randonneuse. Je m'aperçois que le mi-temps avait du bon. Je pouvais me lever tard ou très tôt. En tout cas, je les trouvais souvent endormies, la mère comme la fille, et je m'arrêtais pour les regarder, personne ne m'attendait, la journée commençait sans moi. Je regrettais de ne pas savoir dessiner.

Rodolphe est toujours le premier arrivé à *L'Éveil.* Il doit croiser les agents d'entretien qui lui tiennent la porte en bâillant. Il fait encore nuit. Il se met à son bureau et garde un œil sur la pendule accrochée au mur. Il voit les gens s'installer à leur place, les écrans s'allumer.

Pour être à l'heure, je dois mettre le réveil. J'ai perdu l'habitude. Il sonne au moment où mon sommeil est le plus profond. Quand je passe la porte du journal, je grimace encore de la douleur que m'inflige cette déflagration matinale.

Mais je vais me glisser dans le moule, je ne vais pas faire de vagues. Ni arriver trop tard ni partir trop tôt. Tant que je n'aurai pas senti que j'ai retrouvé ma place. Je me donne jusqu'au printemps. Je me rends compte à quel point tout cela était fragile. Me voici donc à l'heure. J'ai eu à peine le temps de poser les yeux sur Sylvia.

Je m'assure que Rodolphe a noté ma présence puis me hâte vers la machine à café avant le début de la réunion. Je suis complètement décalé. Lorsque c'est mon tour, j'explique où j'en suis avec ma randonneuse. On m'écoute poliment.

Rodolphe me regarde par-dessus ses lunettes et prend des notes.

On a encore perdu quelques degrés aujourd'hui. Des gens meurent de froid dans la rue. Je continue mes recherches sur Nicole Dortlinger, ma randonneuse, et le moins que l'on puisse dire, c'est que ma récolte est maigre. Tout ce que j'ai pu apprendre sur elle tient sur une simple page de carnet. Soixante et un ans, célibataire, employée de maison, etc., rien de très original. Elle me dit qu'elle se remplume mais elle porte encore les marques de ce périple qui aurait pu lui coûter la vie. Ses traits sont creusés. Et lorsqu'elle m'affirme qu'elle ne se souvient de rien, je sens qu'elle dit la vérité. Je sens que ce vide lui fait peur, que certaines choses sont enfouies.

Elle n'a pas les mollets d'une adepte de la randonnée, ajouté-je.

Rodolphe secoue la tête. Et ta première impression, demande-t-il, c'est quoi.

Tout le monde se demande ce qui est arrivé à cette femme. Alors à nous de jouer.

Il acquiesce. On s'est compris. Il se lève et commence à éteindre les lumières du bureau.

J'arrive derrière lui au moment où il pose un pied dehors et s'étale brutalement devant moi, les mains enfoncées dans les poches, la tête la première.

On dit qu'ils salent les trottoirs, mais on a du mal à y croire. Ils sont couverts de glace devant l'entrée de *L'Éveil* et Rodolphe est parti en vol plané dans un râle.

Un instant, la stupeur me fige, puis je me précipite vers lui. Il est immobile, il a le visage en sang, son regard divague. Je lui parle tandis que j'appelle les secours. Je lui demande si ça va, comment diable il a fait son compte. Il ne répond pas, je n'ose pas le bouger. Quelques personnes s'arrêtent, observent à distance. L'une d'elles filme la scène – il faut s'y faire, on n'a encore rien vu.

L'ambulance arrive et on installe Rodolphe sur un brancard. L'infirmier qui me questionne tremble de froid et danse d'un pied sur l'autre. Ça n'arrête pas, dit-il, on a des gens qui se pètent la gueule du matin au soir en ce moment, on hallucine. Et là, votre copain, il a morflé.

Pendant qu'il me parle, je vois un bras de Rodolphe qui glisse du brancard et je m'avance pour le remettre en place quand la main de Rodolphe se referme sur la mienne. Enfin un premier signe de vie. Et ce n'est pas une main molle, je sens sa poigne.

Oui, ça arrive, me dit le gars, vous bilez pas pour ça.

Les brancardiers attendent que nous nous lâchions la main pour le hisser dans leur fourgon illuminé comme un sapin de Noël, mais je comprends vite que Rodolphe n'a pas l'intention de me lâcher. Il me tient solidement. J'expose le problème à l'infirmier qui grelotte de plus belle. Il réfléchit. Il doit appeler quelqu'un. J'en profite pour tenter à nouveau de dégager ma main, mais Rodolphe raffermit sa prise.

On dirait qu'il ne veut rien savoir, déclaré-je.

Le type me considère d'un air vague et me demande si je suis un membre de la famille. Je lui réponds par la négative. Il m'annonce alors qu'il est désolé, mais qu'il ne peut me laisser monter à bord. Je l'observe à mon tour durant quelques poignées de secondes avant de m'enquérir de la manière dont il compte s'y prendre pour régler le problème.

Et mon vieux, poursuis-je, soyez gentil de vous décider rapidement, car on se les gèle, vous voyez bien.

Durant le trajet, la poigne de Rodolphe se relâche. Je pourrais récupérer ma main si je le voulais. L'air glacé de la nuit sent bon. Je pourrais profiter d'un feu rouge pour sauter le pas et filer, car je ne suis pas un grand fan des hôpitaux, d'une manière générale, mais je décide de rester avec lui.

Je libère ma main de celle de Rodolphe pour descendre de l'ambulance tandis que du renfort arrive et l'embarque aux urgences. Je les regarde disparaître dans le bâtiment en hasardant un signe illusoire de la main, celle-là même, encore tiède.

Je rentre harassé.

J'explique à Sylvia et Gaby qui se demandaient où j'étais passé que je l'ai vu s'envoler au-dessus des trois marches de l'entrée et se fracasser le crâne sur le trottoir. Elles ont mangé. Gaby en reste clouée sur le canapé, une main devant la bouche. Sylvia fait une grimace en refermant son portable.

On en saura plus demain, dis-je. En attendant, je dois appeler sa femme. Je crois qu'elle a un truc au cœur, je n'en suis pas sûr. Ce n'est pas le moment qu'elle flanche.

Elles m'ont laissé une tranche de jambon et un peu de salade.

J'ai entendu un sinistre craquement quand sa tête a heurté le sol, dis-je en me servant un verre. Sur le moment, j'ai cru qu'il s'était brisé le cou. S'il n'a que le nez et quelques dents en moins, ma foi, ce sera formidable.

Elles me considèrent d'un air navré.

Rodolphe s'en tire avec une commotion cérébrale. Il bave en parlant à cause de sa lèvre fendue mais d'après les médecins ce petit souci ne devrait pas tarder à disparaître. Il est cependant encore un peu confus. Son nez est à vif, méconnaissable. Il a commencé par me demander qui j'étais. Il a insisté.

On sort d'une réunion où nous avons abordé le sujet. Discuté de l'intégrité mentale de Rodolphe, de la capacité qu'il avait encore de tenir la boutique, de sa faculté de jugement. L'ambiance est devenue morose. Gaby détient la majorité des parts de *L'Éveil* et elle a décidé que l'on ne changeait rien pour le moment, on continue et on attend. Avec ou sans lui. À ma place, il vous tiendrait le même discours. Nous croisons les doigts pour le rétablissement de Rodolphe, mais le monde ne s'est pas arrêté, a-t-elle conclu.

Nous avons tous opiné en nous tortillant sur nos chaises.

À *L'Éveil*, je ne sais pas s'ils sont nombreux à l'avoir lue. L'un des meilleurs poètes d'aujourd'hui, une rareté, je suis un inconditionnel de son travail, en totale admiration. Depuis qu'elle habite à la maison, j'ai l'impression d'avoir rapetissé. Quand j'entrevois de la lumière, au milieu de la nuit, à la fenêtre du cabanon, j'en ai la chair de poule. J'ai du mal à me rendormir. Je me demande pourquoi certains ont la grâce et d'autre pas. Bref, je la prends par le bras et nous nous engouffrons dans un taxi. Je regarde ma montre.

Il a neigé durant la nuit et la circulation est épouvantable. Je laisse Gaby au théâtre et file rendre visite à Rodolphe qui m'accueille d'un Bonjour Robert, de mauvais augure. Robert est mort depuis quatre ans, il portait la barbe et pesait environ cinquante kilos de plus que moi. J'aurais pu faire demi-tour à ce moment-là. J'avais la réponse que j'étais venu chercher sans avoir eu à me fatiguer. Je ne crois pas qu'il soit en mesure de reprendre les commandes de *L'Éveil* dans un avenir proche. Sans doute est-il encore prématuré de s'alarmer du manque de progrès qu'il manifeste depuis sa prise en charge, mais son regard et les discours incohérents qu'il me tient lors de ma visite ne me rendent pas optimiste. Diverses plaques sur son visage proposent toutes les couleurs de l'arc-en-ciel. Ses cheveux en bataille lui donnent l'air presque fou.

Je serai là pour le bouclage, me lance-t-il, comme je m'apprête à sortir.

Je hoche la tête en pensant que l'on a ce métier dans le sang ou qu'on ne l'a pas.

Je retrouve Gaby dans sa loge. Je l'informe du résultat de ma visite et lui fais part de mes doutes. On entend une rumeur car la salle commence à se remplir. Mon point de vue ne semble pas l'inquiéter, elle pense que nous pourrons gérer le problème en restant attentifs. Je n'insiste pas, je pense que le moment est mal choisi.

Je viens d'avoir un message de Sylvia, dis-je. Elle est bloquée dans l'arrière-pays.

Elle tourne la tête et me fixe d'un œil sombre. Je soutiens son regard, je n'ai rien à dire. Je sais qu'elle se fiche que sa fille assiste ou non à ses lectures, la question n'est pas là.

Une voix annonce dans la salle que les prises de vues sont interdites.

Je quitte Gaby et je regagne ma place au premier rang tandis que les lumières s'éteignent. Elle entre sur la scène, impassible sous les applaudissements, les sifflets, les vivats, et s'installe derrière une petite table avec un micro, un verre d'eau, ses lunettes, ses poèmes, et elle attend le silence complet pour commencer à lire. Puis le charme opère dès que les premiers mots sortent de sa bouche. Elle est transfigurée.

Plus tard, à la nuit tombée, un taxi nous dépose à la maison. Plus exactement devant le petit bout de chemin – mais toujours impraticable pour un véhicule – qui mène à l'entrée. Comme à l'aller, je prends Gaby sur mon dos et j'avance dans la neige encore friable qui m'arrive à mi-mollets. Je vais avoir du travail de déblaiement, demain. Dès que nous entrons, je m'occupe du feu et je nous sers un verre cependant qu'elle cherche des cacahuètes dans la cuisine.

Je t'admire, soupire-t-elle en s'installant dans un fauteuil. Vraiment, je t'admire. Je me demande de quel métal tu es fait.

Fataliste, je hausse les épaules. Encore une fois, on s'est mariés trop jeunes. Il n'y a rien d'autre à comprendre.

Elle me tend son verre en me faisant remarquer que mon pantalon est mouillé jusqu'aux genoux. Je prépare deux gin tonic et je vais me changer, je reviens en robe de chambre et en claquettes. Je lui donne son verre. Tu as cassé la baraque, dis-je en prenant l'autre fauteuil. Tu m'as scotché. La salle était suspendue à ton souffle, c'était bluffant.

Je suis vidée.

Tu vas pouvoir dormir autant que tu veux. On n'attend pas de visite, et aucun postier n'aura envie de descendre de sa camionnette pour patauger dans la boue.

De belles braises rouge vif commencent à apparaître dans la cheminée. Je suis partant pour un troisième verre au gré de cette sombre nuit sans lune et je suis étonné qu'elle veuille me suivre.

On n'est pas applaudie tous les jours, rétorque-t-elle.

Le troisième verre est extrêmement rare chez elle. Je me souviens de soirées, du temps de Robert, où elle ne donnait pas le bon exemple.

Or elle est presque devenue nonne, aujourd'hui. Je ne le fais pas trop fort.

Nathan, je vais avoir besoin de toi, dit-elle en se redressant légèrement.

Je rabats les pans de ma robe de chambre sur mes mollets d'un blanc affreux puis je lève les yeux sur elle.

Tu es bien entourée. Il y a une bonne équipe autour de toi, tu n'es pas seule.

Je n'ai pas besoin d'une équipe, me répond-elle après avoir vidé son verre.

Oui, et Rodolphe, dans tout ça.

S'il se remet vite, il reprend sa place et le dossier est clos.

Je me penche pour tisonner le feu. Écoute, si je peux t'aider, je le ferai. Mais j'ai déjà un job à plein temps, je ne vais pas en prendre un deuxième.

Ça doit pouvoir s'arranger.

C'est quand même un travail de bureau, avec des horaires.

Pendant ce temps, quelques flocons virevoltent aux fenêtres. Je surveille Gaby du coin de l'œil et m'aperçois qu'elle a de nouveau les joues un peu roses. Elle sait que sa lecture a été une réussite et les gin tonic font leur effet. Je suis heureux de la voir détendue. Je me mets parfois à sa place. Les circonstances de la mort de Robert n'ont jamais été éclaircies. Leur maison a brûlé de fond en comble, et l'on a retrouvé son corps calciné à l'intérieur. On n'en sait pas plus. Depuis quatre ans, l'enquête ne donne rien. Je n'ai sans doute qu'une vague idée de ce qu'elle ressent.

Dans le temps, on appelait ça un bras droit, dit-elle.

Tu veux dire quelqu'un sous tes ordres.

Quelqu'un en qui j'ai confiance, quelqu'un avec qui je peux parler, qui peut me donner des conseils.

Oui, c'est moi. Tu m'as. Pas la peine d'en chercher un autre, je fais déjà le boulot, je coche toutes les cases.

Quelqu'un de plus impliqué. Ce genre de bras droit, vois-tu.

Je ne veux pas être ton secrétaire non plus.

Écoute, Nathan, tu seras ce que tu voudras, tu as compris l'idée. Mais n'attendons pas trop. Quand ils apprendront que Rodolphe est hors service, ils vont en profiter pour augmenter la pression. Je ne vais pas avoir assez de deux yeux et de deux oreilles. J'ai besoin de garder un peu de temps pour moi, tu comprends.

En prononçant ces derniers mots, elle me crucifie. De sorte que je n'hésite pas à me resservir un verre.

Si nous devons trinquer, autant que tu remplisses le mien, déclare-t-elle.

Je m'exécute. J'espère que ce sera le jeu qu'elle m'a promis, je n'en suis pas si sûr, mais elle semble satisfaite de cette ébauche d'accord qu'elle vient de m'arracher.

Si Robert était là, il te remercierait, se réjouit-elle.

Oui, n'en rajoute pas.

Comme je m'y attendais, c'est un sacré supplément de travail. Je ne fais que la moitié de ce que faisait Rodolphe et c'est déjà plus qu'il ne m'en faut. Si Josefa n'était pas là, ce serait le chaos assuré. Le soir, je suis le dernier à partir. Une chance que les jours rallongent, que je ne dorme pas beaucoup.

Lorsque je retrouve la randonneuse, c'est la première chose qu'elle me dit, qu'elle non plus ne dort pas beaucoup. Elle est pâle, sans âge. Je lui ai raconté que je récoltais les témoignages de personnes qui se sont perdues, qui ont erré, tourné en rond jusqu'au bout de leurs forces, blabla, pour en publier une sorte de recueil. Je n'ai pas eu à la forcer, elle semblait même tout à fait disposée à me revoir, à m'aider dans mes recherches, ravie de se rendre utile.

Elle est intarissable sur son calvaire qui commence au moment où elle rouvre les yeux, abandonnée, perdue dans la forêt profonde, et se remet sur ses jambes. Mais cette partie ne m'intéresse pas du tout. Tout le temps de l'entretien, je ne la quitte pas des yeux, n'écoutant guère le détail des multiples épreuves rencontrées au cours de son éreintant périple à travers bois. Je cherche à lire sur son visage, à la décrypter, j'aimerais savoir si elle me cache quelque chose.

Je le pense, à présent. J'éprouve un sentiment bizarre. J'observe le poisson rouge qui tourne dans son bocal autour d'une petite sirène en plastique.

Je lui demande s'il tourne toujours dans le même sens, et elle me répond oui.

Elle habite un appartement fonctionnel, bien rangé. Elle a ce côté un peu coincé, un peu sévère, qui se radoucit par moments, qui s'évapore. Elle vit seule. C'est son jour de congé. Ses employeurs font du trekking en Mongolie jusqu'à la fin de la semaine. Elle a un visage sans particularité, d'une banalité presque inquiétante. En fait, je pense qu'elle est à moitié siphonnée. Plus je la regarde, tandis qu'elle me narre un épisode où elle a croisé un ours qui dormait au pied d'un arbre, plus je désespère d'apprendre ce qui lui est arrivé. Comment cette femme s'est-elle retrouvée seule, en pleine forêt, à des kilomètres de la première habitation, avec des arbres à perte de vue. Pas de réseau, pas de route, pas de chemin. Mystère total.

Elle est d'accord, elle me dit que c'est effroyable. Elle ne se souvient d'absolument rien. Je dois avoir l'air désolé car elle pose sa main sur la mienne. Elle prétend qu'elle est navrée et qu'elle est la première à en souffrir.

C'est comme si j'étais morte, dit-elle, puis ressuscitée là-bas, il n'y a rien entre les deux. Il manque un morceau.

Je la regarde. Je commence à douter. Vraiment.

De retour au bureau – celui de Rodolphe, en l'occurrence –, j'informe Josefa du trouble qui m'a saisi concernant la probité de Nicole Dortlinger. J'ai cru à son histoire d'amnésie, mais à présent je n'y crois plus. Je sens qu'elle nous enfume. Et elle aurait tort de s'en priver. Il n'y a pas de mort, pas d'enlèvement, pas de plainte, il n'y a rien. Tout le monde a le droit de se promener en forêt et de s'y perdre. Personne n'est à l'abri d'une mémoire défaillante.

Il fait juste extrêmement froid dehors. Je ne vois pas ce qui pourrait pousser cette femme à nous livrer quoi que ce soit. Rien ne l'y oblige. De sorte que nous décidons, Josefa et moi, d'attendre et de voir si l'affaire en question fait long feu ou si l'intuition de Rodolphe, qui ne voulait pas abandonner, était la bonne.

Je n'ai jamais eu l'intention, et encore moins le désir, de pousser Rodolphe vers la sortie afin de prendre sa place. Malgré tout, Mireille, sa femme, en est persuadée, et c'est peu de dire qu'elle me déteste à présent. Je ne peux rien y faire. Elle m'ouvre désormais sa porte avec une moue de circonstance et tourne les talons en m'abandonnant sur le seuil sans prononcer un mot. Je connais le chemin.

Rodolphe est dans son bureau. Je lui ai apporté le dernier numéro de *L'Éveil*, le seul auquel il n'a pas participé depuis que Robert et lui ont lancé le périodique vingt ans plus tôt. J'ai hésité. Il me le prend des mains et le feuillette en silence. Son regard finit par s'embuer.

C'est quoi, cette merde, grogne-t-il.

Sa réaction ne me surprend pas. Elle m'attriste un peu. J'entends Mireille qui va et vient derrière la porte. Il lance *L'Éveil* à travers la pièce. Ça me passe au-dessus de la tête dans un friselis de papier froissé. Je me poste devant la baie vitrée, les mains dans le dos. Il fait déjà nuit. L'enseigne d'un supermarché clignote au loin tandis qu'un écureuil roux fait trois pas dans la neige et, après réflexion, remonte comme une flèche dans son arbre.

Quand je me retourne, Rodolphe est juste derrière moi et il me pose une main sur l'épaule.

Faudra que tu m'expliques un peu ce qui se passe, déclare-t-il sur un ton amical, presque enjoué.

Je grimace en souriant. Ma foi, Rod, ça tombe au mauvais moment, ton histoire. Tu connais la situation.

Il s'esclaffe, puis son visage s'assombrit aussitôt.

Ce qu'ils veulent, ajouté-je, c'est les terrains. Ils ont Gaby dans le collimateur.

Il opine en prenant un air grave, mais visiblement un grand désert blanc l'habite.

Faut voir, déclare-t-il.

En sortant, je mesure à quel point ces visites sont déprimantes. Je m'arrête un instant sur le trottoir et je respire à fond – bien que siffle un air glacé, aussi tranchant qu'une lame. Mais l'ambiance délétère qui règne désormais dans cette maison devient insupportable. Je n'essaie même pas de me retourner en m'éloignant.

Si elle était là, Sylvia me dirait de saisir ma chance. Que c'est le moment. Pour elle, la vie est une compétition.

Lorsque je rentre, elle lève les yeux de sa tablette et m'adresse un bref sourire avant de baisser à nouveau le nez sur son écran. J'effleure sa tête d'un baiser en passant. Il y a de la lumière dans le cabanon.

Juste pour info, me lance-t-elle pendant que je furète dans la cuisine, ses terrains valent une fortune à présent. Ça n'arrête pas de grimper depuis que leur projet est dans l'air. Les investisseurs se bousculent. Les commerçants se frottent les mains.

Je hoche tristement la tête devant le frigo vide.

Oui, les parcs d'attractions, c'est une sacrée machine à fric, déclaré-je. Les appétits s'aiguisent.

Dis-lui ça. Toi, dis-lui. Peut-être qu'elle t'écoutera, moi je ne peux plus.

Tu crois qu'elle ne le sait pas.

Alors qu'elle vende, elle attend quoi, s'impatiente-t-elle. Que deux types en scooter la descendent en pleine rue. Ça me rend folle.

Écoute, je vais lui parler, calme-toi, mais ça ne servira à rien, tu le sais mieux que moi. Ton père aura toujours le dernier mot. Il ne voulait pas vendre et ta mère défendra cette volonté jusqu'au bout. Ce n'est pas une histoire d'argent. Les autres ne l'ont pas encore compris. Gaby leur tiendra tête.

Sylvia se couche dans son lit, moi dans le mien. Elle se tourne de mon côté et me dit et ça va finir comment. Je lui réponds ah ça, ma chérie, il n'y a pas une seule personne au monde qui peut le savoir.

Écoute Nathan, soupire-t-elle dans la pénombre que tamise une petite lampe de chevet, Nathan, elle vend et on est tranquilles.

Je réfléchis un instant puis je lui réponds oui, mais ne me demande pas de lui tordre un bras, je ne pourrai pas.

Tout ça a l'air de t'amuser. Tu trouves ça drôle.

Non, pas du tout. Je crois qu'ils vont mettre le paquet sur *L'Éveil*. Ils vont couler le journal pour la forcer à vendre les terrains, en tout cas c'est l'idée. Ils vont la mettre sur la paille. Tout le monde les donne gagnants. Ça ne me fait pas rire.

Elle se lève après m'avoir proposé de partager un Perrier et se dirige en culotte vers le minibar de la chambre – faisant fi des saisons, elle peut indifféremment dormir en pyjama, en chemise de nuit, en culotte ou sans rien du tout et je ne sais pas à quoi ça tient. Je la suis des yeux.

Elle revient vers moi et se poste à la tête de mon lit. Je me dresse sur un coude. En général, nous évitons de nous retrouver dans ce genre de situation. Nous y prenons garde. Mais là, je ne peux m'empêcher de fixer le renflement de son bas-ventre qu'un fin tissu gris perle protège à peine et qui occupe une bonne part de mon champ de vision. Je suis incapable d'en détourner les yeux. Je m'étrangle en silence. Je prends le verre qu'elle me tend. Je lève le regard sur elle et je lui souris brièvement. Je bois mon eau pétillante. Quand je repose mon verre elle hésite une seconde puis exécute un franc demi-tour et se glisse dans ses draps.

Elle tend un bras vers moi, par-dessus l'espace qui sépare nos deux lits et je l'imite de mon côté, de sorte que nos doigts se touchent.

Je vais refaire ce plafond, dis-je au bout d'une minute. Je vais attendre les beaux jours.

Et si on éteignait, en attendant. Il est tard, répond-elle en se tournant vers le mur.

Bien sûr. Je vais prendre ma lampe frontale. J'ai envie de lire un peu.

J'éteins. Il ne fait pas noir car la lune passe entre les rideaux derrière la baie vitrée. Je me lève pour jeter un coup d'œil sur le ciel. Ça brille de partout. Je remarque au passage la lumière dans le cabanon au fond du jardin. Gaby n'est pas encore couchée. Ça me fait une belle jambe.

Un matin, par hasard, en ville, je tombe sur ma randonneuse, Nicole, qui cherche un taxi. Je l'emmène avec ses paquets. Elle dit qu'elle a de la chance de m'avoir croisé car c'est la mauvaise heure. J'acquiesce. Le froid ne nous a pas lâchés d'un pouce. Elle me déclare que Monsieur s'est foulé la cheville au cours d'une balade à Kuala

Lumpur et qu'ils ne rentrent que dans quelques jours. Elle me guide vers un quartier résidentiel, et nous nous arrêtons devant le portail d'une grande villa moderne. Que je connais bien. Je suis modérément surpris. C'est ici qu'habite Richard Brunevigne, le sénateur, ce n'est un secret pour personne. Je lui ai tendu je ne sais combien de fois mon micro depuis le temps. J'ai suivi sa dernière campagne pour *L'Éveil*. Nicole actionne l'ouverture du portail. Je ne dis rien. Je me gare devant l'entrée. Je l'aide à porter ses paquets. Nous entrons par la porte de service. Nous croisons le gardien. Elle me conduit à la cuisine pour m'offrir un café. Au passage, elle me laisse admirer le salon – plafonds hauts, baies vitrées, déco et mobilier à l'avenant – pendant dix secondes avant de m'accompagner aux communs.

Nous buvons un café à l'office.

Je la regarde en souriant. En fait, vous êtes quoi, lui demandé-je. Une sorte de gouvernante, c'est ça.

Oh vous savez, j'ai travaillé toute ma vie chez les parents du sénateur. Je l'ai vu grandir, vous savez. Disons que je fais tourner la maison.

La pièce se trouve à l'entresol. Elle est de bonne taille mais on s'y sent enfermé. Pendant qu'elle me parle, je perçois de nouveau les vibrations bizarres qu'elle m'envoie, mais comme à son corps défendant, comme si elle se hâtait de colmater une fuite sans même savoir d'où elle provient. Je me souviens de la fois où elle a posé sa main sur la mienne, de cette gêne inexplicable que j'ai ressentie et que j'éprouve de nouveau sans qu'elle ait besoin de me toucher. Je ne sais pas ce qu'elle a, au juste. Je ne la connais pas assez bien pour espérer y voir plus clair. Parfois, à la dérobée, durant une seconde, elle grimace comme une junkie en manque, mais ça ne me parle pas, je regarde ailleurs. Puis tout à coup, je suis frappé par l'idée qu'il pourrait exister un lien entre ce qui est arrivé à Nicole d'un côté et ses employeurs de l'autre. Ça ne repose sur rien, l'occurrence m'a juste traversé l'esprit, mais sa trace lumineuse persiste.

Je me lève en la remerciant pour le café, ravi d'avoir pu lui rendre service. Elle me raccompagne et me tend la main. Je la sens un peu raide, empruntée. Je sors avec cette intuition en tête. L'idée fait son chemin. Il fait un pâle soleil qui arrache quelques gouttelettes aux arbres bordant l'allée. C'est peu mais ce n'est pas rien, c'est un bel effort quand on voit qu'ils sont encore couverts de neige.

J'aimerais soumettre à Josefa cette idée qui m'a cloué sur place, j'aimerais savoir ce qu'elle en pense, mais la journée est chargée, et ce n'est que le soir que je trouve une minute pour lui en parler. Il n'est pas tard mais la nuit est tombée.

Elle m'écoute. Elle réfléchit. Les bureaux se vident, tout le monde est claqué. Je suis assis dans le fauteuil de Rodolphe, elle est en face de moi, accoudée au bureau, la tête entre les mains.

Je fais ça pour m'irriguer le cerveau, déclare-t-elle. En tout cas, ce truc, cette piste que tu évoques, eh bien, ça me parle de plus en plus.

C'est la même histoire, Josefa, c'est la même putain d'histoire. Ils sont dans le même sac. Ça devient très intéressant.

Oui, mais attention, c'est foutrement chaud.

Je suis bien d'accord avec elle.

Nous éteignons les lumières du bureau. Dehors il fait toujours aussi froid, mais, perdu dans mes réflexions, j'en oublie de fermer mon anorak. Je n'enfile même pas mes gants.

Lorsque j'en parle à Sylvia, celle-ci me demande si selon moi Gaby a bien compris ce qui lui pendait au nez si elle s'entêtait à ne pas lâcher les terrains.

Tu la connais mieux que moi, déclaré-je. Sinon oui, je pense qu'elle a parfaitement compris. Elle ne nous a pas attendus. Elle a mis des vigiles à l'entrée de *L'Éveil*.

Quoi, s'exclame Sylvia les poings aux hanches. Mon père aurait rigolé jaune en voyant le tableau.

Écoute, laisse-le rigoler jaune. J'en connais un autre qui n'a pas le sens de l'humour et qui risque de ne pas apprécier. Écoute, on les connaît, les Brunevigne, le sénateur et toute sa bande, on les connaît. Il ne va pas apprécier que son nom soit mêlé à cette histoire, de près ou de loin. Ce genre de publicité.

Et ma mère, elle en pense quoi.

Je jette un coup d'œil sur le feu qui commence à s'éteindre. Je ne sais pas, dis-je, je ne lui en ai pas encore parlé. Mais je te tiens au courant.

Je me lave les mains pendant qu'elle s'installe devant un film, un muet avec du piano. Je retrouve Gaby dans son cabanon. Traverser le jardin m'a transi. Je me tiens près de son radiateur électrique pour lui raconter l'épisode de ma visite à la randonneuse, ce que ça m'a inspiré.

Parce que tu penses à quoi.

À pas grand-chose de précis, mais ça ne me dit rien qui vaille. Il faut que je creuse un peu. Je suis comme devant l'entrée d'une grotte.

Elle est enveloppée d'un châle mexicain brodé de têtes de morts et se balance doucement dans son fauteuil – celui où elle écrit, cette inestimable pièce de musée. Elle relève la tête.

Il ne va plus retenir ses coups, déclare-t-elle avec une moue perplexe.

Oui, c'est fort possible. On va marcher sur des œufs pendant un moment. *L'Éveil* clignote dans son viseur depuis longtemps et là, ça ne va pas s'arranger si on remue cette histoire. Mais ce sera révélateur. On verra sa réaction. En tout cas, c'est à toi de décider. Soit on remballe nos affaires, on regarde ailleurs, soit on y va, on continue de fouiller. On ne trouvera peut-être rien, on verra, mais ça vaut la peine d'essayer.

Non, pour le moment on ne bouge pas. On ne lui donne pas la corde pour nous pendre. S'il s'aperçoit qu'on tourne autour de lui, on aura la guerre.

Il s'est tordu le pied à Kuala Lumpur, dis-je. Ça nous laisse un peu de temps.

Elle se penche sur un Thermos et nous sert du café. Je dors mal depuis si longtemps qu'un café n'y changera pas grand-chose. Et cette froidure qui n'en finit plus.

Tu es de mon côté, n'est-ce pas, déclare-t-elle en remplissant les tasses, les yeux baissés.

Sans doute, mais à quel sujet.

Tu es du côté de Sylvia ou du mien, voilà le sujet.

Nos regards se croisent. Question récurrente. Je lui épargne un soupir de ma part. Je lui réponds que je ne vois pas en quoi être du côté de l'une nuirait à l'autre.

Nathan, ce n'est pas une réponse.

Okay. Très bien. J'apprécie ta manière de résister. J'aime ça. Je suis donc de ton côté. Même si je trouve la notion un peu abrupte.

Oui, mais nous n'allons pas jouer au plus fin, nous n'avons plus le temps. Sylvia et moi ne parvenons même plus à échanger un seul mot sur le sujet. C'est lamentable, mais c'est ainsi.

J'ai été clair, je pense. Je marche avec toi. Ce n'était pas la peine de me le demander. Mais je ne marcherai pas avec toi contre elle. C'est la seule chose que je ne ferai pas.

Nous nous sommes parfaitement compris, acquiesce-t-elle en hochant la tête. Je suis contente, c'est un vrai soulagement pour moi. Heureusement que tu es là.

Tu devrais augmenter Josefa, dis-je, elle fait du bon boulot.

Il est tard. Je me lève. Je me prépare à traverser l'air glacé qui m'attend dehors. Je ne peux cependant m'empêcher de lui demander si elle trouve le temps de travailler pour elle au milieu de ce chambardement. Elle me répond couci-couça.

Bien sûr, c'était à prévoir, déploré-je. Tu as trop de trucs à gérer.

J'enfile mon bonnet. Je mets la main sur la poignée de la porte.

Écoute, Gaby, je vais faire le maximum pour t'aider. Mais prends du temps pour toi. C'est le plus important.

Elle me considère avec un sourire qui s'épanouit doucement avant de répondre.

J'ai la nuit, murmure-t-elle. J'aime bien la nuit. Ne t'inquiète pas pour ça.

Je crois casser une vitre en ouvrant la porte mais ce ne sont que des glaçons qui s'envolent dans tous les sens avec un bruit de verre brisé, de grelots, de clochettes. Je traverse le jardin mâchoires serrées dans le froid piquant. La lune est pleine, violente. Je m'ébroue dans l'entrée. Je retrouve Sylvia endormie sur le canapé, devant son film. Je la prends dans mes bras et l'emporte dans la chambre. Elle grogne un peu, je la couche. Elle est déjà en pyjama, je tire une couverture sur elle et retourne me servir un verre devant le feu. Je sors sur la pointe des pieds. Aucune serrure ne grince, dans la maison. Je suis un adepte forcené du 3 en 1.

Dès le lendemain, Josefa et moi investissons le bureau de Rodolphe et nous épluchons tout ce que nous pouvons trouver sur Richard Brunevigne, le sénateur, et sur sa conne de femme, les articles à potins en particulier.

En fin d'après-midi, je suis obligé de me mettre des gouttes dans les yeux. Josefa pousse un profond bâillement et s'étire. Il n'est pas très tard, mais il fait presque nuit.

Je commande japonais pour nous changer les idées. Je m'enquiers des nouvelles de son chat et de sa dernière compagne. Elle grimace et m'annonce que c'est fini. D'ailleurs, elle n'est plus lesbienne. Du moins pour l'instant, précise-t-elle. Je crois que je suis amoureuse d'un type.

Oui, ces choses arrivent, dis-je, on ne sait pas pourquoi.

Je venais de me pacser avec Stéphanie, si tu t'en souviens. On emménageait. Un jour, en sortant d'ici, j'entre dans un magasin pour choisir un matelas. Le ciel est sombre. Je demande s'il y a quelqu'un mais personne ne répond. Je m'allonge alors sur le King Size Grand Luxe, la plus belle pièce en exposition, et je ferme les yeux. Plaisanterie à part, c'est une expérience. Il faut pouvoir se le payer, bien sûr.

Le saké arrive. Je le sers.

Et donc, reprend-elle, je somnole de plaisir quand une voix susurre à mon oreille.

Ah, je sens le coup venir, déclaré-je en vidant mon verre d'une traite.

Tu vois. N'empêche qu'en trois secondes je suis ensorcelée. Je me sens fondre. Une main se glisse dans la mienne. Douce et chaude. Une main d'homme. Et là, je bascule. L'immeuble s'écroule sur ma tête. Je ne sais pas ce qu'il dit, c'est comme un chant mélodieux, une berceuse. Dehors, le tonnerre se met à gronder, il tombe de la grêle. Je n'ouvre pas les yeux, je suis trop bien.

Oui, mais tu sais, c'est comme de se prendre une balle perdue. On est là, au mauvais endroit, au mauvais moment. On ne s'y attend pas

En tout cas, j'étais loin de penser qu'une chose pareille pouvait m'arriver.

On a beau ne plus s'étonner, il faut parfois se pincer.

Le soir même, soupire-t-elle, Stéphanie ne pouvait plus m'approcher. J'étais sur un nuage. Elle m'a demandé si j'étais droguée. Mon chat est revenu vers moi, il m'a sauté sur les genoux.

J'en connais qui vont être contents qu'elle ait viré de bord, me dis-je en la regardant – même si l'affaire n'est pas totalement intégrée, selon moi, et si j'étais honnête, je lui dirais qu'elle n'a rien à y gagner en dehors de quelques corvées supplémentaires. Si j'étais une femme, rien ne pourrait se faire avec moi sans la garantie d'avoir une chambre à part et des toilettes séparées – dans le cas cas improbable où j'accepterais de vivre avec un homme. D'autant qu'avec les nouveaux jouets disponibles sur le marché – si j'en crois quelques femmes bien au fait des dernières et astucieuses innovations en la matière –, les hommes feraient mieux de bien se tenir, de ranger leurs affaires et de fumer à la fenêtre.

Après les sushis et le saké, reprenant quelques forces, nous restons encore un peu pour ranger le bureau de Rodolphe où nous venons de camper durant de longues heures.

Il n'y a pas de délit, il n'y a rien, ne l'oublie pas, me déclare Josefa.

Il n'y a pas rien, il y a un énorme point d'interrogation. Tu appelles ça rien, toi.

Okay, très bien, soupire-t-elle. Je n'ai pas dit qu'il ne fallait rien faire. Mais c'est comme partir à la pêche sur un étang mort. Il faut le savoir, c'est tout. On ne va rien attraper de bon. On les connaît, on sait de quoi ils sont capables, surtout le sénateur s'il en fait une histoire personnelle. Le choc risque d'être rude, à mon avis.

Je reste évasif. C'est Gaby, c'est sa décision, dis-je, elle ne va pas céder. Sylvia revient sans cesse à la charge, elle veut pousser sa mère à vendre, mais Gaby ne veut pas en entendre parler. Ce pourrait être un match équitable, pourquoi pas, elles ne sont pas d'accord, mais comment ignorer le poids que Robert fait encore peser dans la balance. Quelquefois, son ombre s'étend sur la maison comme une énorme main. Gaby joue à la gardienne du temple, ne me demande pas pourquoi. J'ai l'impression qu'elle ne s'est jamais autant occupée de Robert depuis qu'il est mort. Sylvia, ça la rend folle. Elle était plutôt en guerre contre son père à l'époque de l'accident. Mais ils n'ont pas pu régler leurs comptes, tout est parti en fumée. Enfin, tu vois l'ambiance.

Elle utilise une lingette au parfum entêtant pour nettoyer l'écran de Rodolphe sur lequel nous avons postillonné durant des heures.

Ce n'est jamais très bon, lâche-t-elle, quand une mère et sa fille vivent sous le même toit. C'est quelque chose que je ne peux même pas t'expliquer.

Inutile. Je sais de quoi tu parles.

Tu n'es pas une femme, que je sache, c'est plus compliqué que tu ne crois.

Les vigiles s'en vont, ils nous font signe de la main. Josefa et moi fermons la boutique. Avant de la quitter, je lui demande de continuer à creuser autour du sénateur, de concentrer les recherches sur sa vie privée. Moi, je m'occupe de Nicole, poursuis-je en rabattant ma capuche. Il faut que je trouve la faille. Elle se fout de nous, bien sûr. Heureusement que je le prends avec le sourire.

Sans raison particulière, je la trouve plus détendue avec moi. C'est surtout son regard qui me semble plus vif, plus attentif, différent. Mais je la bombarde de questions depuis une heure et je n'obtiens rien d'intéressant, elle me glisse entre les doigts, elle change de sujet, s'avance puis se ressaisit, s'égare, sa mémoire n'est pas revenue et ne reviendra sans doute jamais, bla-bla-bla, puis elle finit par se lever et vient s'asseoir à mes côtés sans dire un mot. Je fais comme si je n'avais rien remarqué.

Elle se colle alors un peu plus contre moi et me demande si ça m'embête.

Je lui dis oui, ne faites pas ça. Je suis marié.

Je vous déplais, c'est ça.

Non, la question n'est pas là.

Ça vous aiderait qu'on regarde une vidéo.

Je me mets à rire en pensant quel sacré numéro. Je souris en pensant que je tiens enfin quelque chose. De quoi m'éclairer, m'orienter.

Le sexe se cache toujours quelque part. Je le sais. Il est toujours là et il le restera, c'est lui qui mène la danse. Je le sais. Je le croise à chaque fois dans mon métier. Je le sais et pourtant ça ne m'a pas effleuré. À présent, l'air froid, sévère de Nicole a volé en éclats, son corsage s'est auréolé de sueur, son impeccable chignon a libéré quelques mèches folles comme des herbes.

Je reste silencieux, j'attends qu'elle relève la tête.

Elle me glisse un coup d'œil. Elle est pâle.

Allons, dis-je, c'est déjà oublié.

Comme le soir tombe, elle se penche et allume une petite lampe en pâte de verre orangée qui ravive les couleurs sans rien brutaliser.

Je comprendrais que vous ne vouliez plus me voir, déclare-t-elle d'une voix hésitante.

Je la rassure aussitôt. Je suis très prudent. Nicole est la seule personne capable de me donner accès à cette histoire. Si je coupe le fil, tout s'arrête, je n'ai aucune chance d'aller plus loin – ce n'est pas tant la randonneuse qui m'intéresse, à présent, que les autres randonneurs, et je serais curieux de savoir si les Brunevigne étaient de la partie.

Je rentre pour noircir les derniers feuillets que Rodolphe m'avait demandés à propos de Nicole. Il est assez tard, Sylvia et Gaby sont couchées. Je file me laver les mains, à la suite de quoi je m'installe dans le salon après avoir aidé le feu à repartir et m'être versé un gin tonic dont j'observe les reflets bleutés, l'esprit ailleurs. Puis je décide de me concentrer sur son errance dans la forêt, j'en connais à présent les moindres détails à force d'entendre son récit – je sais la faim, la douleur, le désespoir, la peur, les bêtes sauvages et les moustiques qui vous dévoraient au premier rayon de soleil. La matière ne manque pas. Elle le raconte très bien. J'ouvre une page blanche. Je commence par l'ours qu'elle croise en chemin.

J'ai presque terminé lorsque Sylvia sort de la chambre à moitié endormie et se dirige vers la cuisine. Parvenue à ma hauteur, elle s'arrête et fronce les sourcils en humant l'air avec défiance jusqu'à ce qu'elle pose les yeux sur moi.

Tu t'es parfumé, me demande-t-elle.

Je lève les yeux au ciel et lui relate l'épisode où Nicole m'a serré d'un peu trop près. Elle rit, bien sûr, et poursuit son chemin jusqu'au frigo où elle se sert de l'eau fraîche.

Elle revient vers moi et boit son verre en gardant ses distances car l'odeur l'incommode.

Et donc, toi, tu dirais que les choses avancent, déclare-t-elle avec un haussement d'épaules.

Je pense qu'elle protège ses patrons. Je n'ai rien de précis mais j'ai passé un bon moment avec elle, enfin je veux dire un long moment. C'est l'impression que j'ai eue, elle ne me laissait même pas effleurer le sujet. Un bon soldat, quoi. Une vocation. Elle fait partie des meubles.

Elle me considère un instant puis ricane en bâillant.

Dis-lui de changer de parfum quand tu la verras, annonce-t-elle avant de tourner les talons.

Je lui adresse un petit signe avant qu'elle ne disparaisse dans la chambre.

Je tire un pan de ma chemise contre mon nez. Je ne peux pas lui donner tort mais il n'y a pas de quoi non plus tourner de l'œil comme l'insinue ma femme.

Je me remets au travail et prends beaucoup de précautions pour terminer et évoquer en quelques lignes l'ahurissant mystère qui règne toujours sur cette affaire, l'incompréhensible indifférence policière, la difficile et mortifère convalescence de Nicole Dortlinger, la randonneuse, dont l'employeur, le sénateur Richard Brunevigne lui-même, sans nouvelles de sa gouvernante depuis une semaine, n'avait pas déclaré la disparition, etc.

Je relis l'ensemble et l'envoie à Gaby. Je finis mon verre. Je sors. Il fait encore très froid mais le vent est complètement tombé, on n'entend plus rien – à moins d'avoir l'oreille fine et de percevoir le lent goutte à goutte d'un dégel encore timide. Cette nuit la lune brille, le décor semble taillé dans un bloc d'obsidienne aux arêtes vives. Je me remémore en marchant certains détails de mon entrevue avec Nicole, ses atermoiements, sa brusque pulsion, sa rapidité à reprendre ses esprits, à retrouver son calme, à remettre son chignon en place. D'empourpré, son teint avait repris sa pâleur habituelle, son souffle sa régularité, ses gestes leur mesure cependant qu'elle rajustait son corsage en silence.

Perplexe, absorbé, je pense à Rodolphe qui doit croupir dans son fauteuil en ce moment, écarté de cette histoire alors qu'il était le premier à avoir pressenti que le fruit n'avait pas été suffisamment pressé. À ma place, il aurait juré d'une joie malsaine entre ses dents.

Le voile est encore loin d'être levé. Le brouillard persiste. Il faut parfois du temps pour bousculer les choses. Je suis pourtant convaincu d'avoir mis un pied dans la porte. Je suis confiant. Nicole m'a annoncé le retour des Brunevigne dans quelques jours. Cela fait partie des maigres renseignements que j'ai pu glaner auprès d'elle. D'ici là, l'article sera sorti dans *L'Éveil* et la machine à fabriquer les ennuis sera lancée. Difficile de ne pas ressentir malgré tout une certaine excitation. Le chemin qui traverse le jardin jusqu'au cabanon de Gaby étincelle dans la nuit sous la glace comme du verre pilé. C'est charmant. Je vais me coucher, mais je n'ai pas sommeil.

La réponse de Richard Brunevigne à la publication de l'article où son nom est de nouveau mêlé à cette désagréable histoire, comme il le dit sur un ton agacé, cette réponse, donc, se traduit par une hausse phénoménale du prix du papier. On sait d'où ça vient. Nous avions beau nous y attendre, nous accusons le coup. Je dis nous, mais c'est Gaby qui tient la facture à la main et qui attrape son sac en sortant. Je la suis. Je préfère conduire.

Elle veut des explications mais l'imprimeur pleurniche derrière son bureau, prétextant une pénurie de cellulose, l'augmentation du coût des transports, la razzia des Chinois qui ont dévalisé ses stocks, bref il ne sait plus quoi inventer pour dissimuler ce coup bas.

Je dis à Gaby viens, ne perds pas ton temps.

Richard Brunevigne et ses amis pèsent lourd. Ce sont des banquiers, des industriels puissants, des assureurs, des administrateurs de fonds de pension, des gars âpres au gain, bref, pris individuellement, chacun pèse assez lourd. Mais s'ils se mettent ensemble, ma foi, je n'ose pas imaginer la puissance de feu qu'ils peuvent déployer.

Je sais, finit-elle par déclarer tandis que nous roulons en silence, mais nous avons une bonne carte en main. Nous avons des lecteurs.

Mais bientôt plus de papier, ajouté-je.

Elle me regarde comme si j'avais la solution.

Plus tard, elle tient à me rassurer. Les banques sont avec elle. En tout cas pour le moment. C'est un coup de semonce qu'il nous envoie, explique-t-elle. Ça veut dire ne vous approchez pas, gardez vos distances.

Non, c'est juste que c'est parti, voilà ce que ça veut dire. Il n'y a pas de message.

Nous retournons au journal. Nous travaillons sur la maquette. Chacun fait le dos rond, participe à l'ambiance morose. Gaby s'est installée à l'étage, dans un bureau qui donne sur la salle de rédaction – je la vois, penchée sur son écran, à travers les lames du store vénitien. Personne n'a le sourire. Pourtant, de longues déchirures de bleu labourent le ciel, d'un bleu qu'on avait presque oublié.

Le soir, en rentrant, nous partageons un verre devant le feu. Nous avons trouvé un mot de Sylvia sur la table indiquant qu'elle ne rentrerait qu'à la fin du week-end qu'elle passait avec des amis.

Si toi ça ne te contrarie pas, moi j'en suis ravie, me dit Gaby. J'ai besoin de souffler un peu, que ma fille me lâche.

J'acquiesce. J'en ai pris mon parti. Nous avons tous les trois besoin d'un peu de calme, de tranquillité, et si l'escapade inattendue de Sylvia permet d'éviter certaines tensions ou des échanges orageux, elle est la bienvenue.

Gaby monte se changer. Je finis mon verre. Je m'assois dans un fauteuil, j'étends les jambes devant moi, je croise les mains derrière la tête, je m'adosse, je ferme les yeux. Nous manquons de munitions. Nous pouvons dénoncer la manœuvre dans nos colonnes mais ce ne sera pas suffisant, ça ne va pas les arrêter. Je sais ce qui me trotte dans la tête mais je n'ose pas encore y penser. On va me dire que je vais trop au cinéma. Sans doute. Peu importe. Mais voilà qui constituerait une solide riposte, voilà ce qu'il nous faudrait. Sa carrière de sénateur pourrait se terminer par un scandale, le détonateur serait entre nos mains. Quelque part, ce scénario existe. Mais j'ai bien peur que nous ne soyons pas dans le bon. J'entends une bûche siffler dans la cheminée et Gaby qui fabrique je ne sais quoi dans la cuisine. Elle n'est pas très douée, de ce côté-là. Elle fait partie des meilleurs poètes de sa génération, mais devant les fourneaux elle ne vaut pas grand-chose. On ne peut pas tout avoir. J'en connais pourtant qui se damneraient pour goûter sa cuisine et ça me fait rire. S'ils savaient. Ce n'est pas immangeable, non, juste pas très bon, elle a de drôles d'idées, parfois. Quand elle goûte, elle pense à autre chose. Je me souviens que Robert ne supportait pas ça, des disputes éclataient à ce propos. Tout le monde semble l'avoir oublié dans cette famille. Robert était un vrai tyran, chez lui. Gaby a la mémoire courte. Encore un peu et elle prétendra que tout allait bien, que les journées étaient radieuses. Je préfère ne pas y penser. Je quittais les lieux avant que l'orage n'éclate, je ne voulais pas être là. Ce soir, avec un peu de chance, je pourrais m'endormir à cet instant, je suis bien installé, la tranquillité règne, le printemps n'est plus très loin, mais je n'y parviens pas, je reste entre deux eaux. Je n'essaie même plus de prendre des somnifères. Je me promène dans la maison, je les regarde dormir, je réfléchis à la situation, j'attends de sombrer. Cela prend un temps plus ou moins long. Parfois le jour pointe à l'horizon et je n'ai toujours pas fermé l'œil, la lumière sourd à travers les rideaux et les corps des deux femmes endormies dans leurs draps froissés constituent d'impressionnants tableaux. Je ne m'en lasse pas. Je peux rester durant de longues minutes à les contempler l'une après l'autre, la mère puis la fille, à peine séparées d'une volée de marches. C'est quand elles dorment que je peux vraiment les voir. J'ouvre un œil et je me ressers un verre. Gaby m'a d'ores et déjà faussé compagnie. Je suis sur le point de me rasseoir quand une vague silhouette en feu passe en coup de vent devant la fenêtre, je me fige. L'épisode n'a duré qu'une fraction de seconde, à la limite de mon champ de vision, je ne peux jurer de rien, mais mon cœur a fait un bond. Il est tard. Tout le coin est plongé dans un sommeil profond, dans un silence total. Il n'y a aucune lueur dehors. Je me redresse, j'oublie le fauteuil et je m'avance vers la fenêtre, il n'y a rien. J'enfile mon anorak et je sors. Aucune trace de quoi que ce soit, l'air ne sent pas le brûlé, la nuit reste muette et noire. Aucun incendie dans les parages ni feu follet égaré.

Je retourne à l'intérieur, indécis. J'éteins. Je me rassois dans la pénombre, guettant je ne sais trop quoi. Pour finir, comme je ne suis pas près de dormir, je rédige quelques mots à l'attention de nos lecteurs. Je dévoile les manœuvres brutales de certains groupes pour éliminer une presse qui les dérange. Je ne cite pas de noms, pas encore, je ne parle pas du but réel qui est visé par Richard Brunevigne et consorts. Je demande aux lecteurs d'écrire à leur député. Je signe *L'Éveil*. Je l'envoie à Gaby. Elle redescend de sa chambre. Elle me dit très bien, c'est une réponse graduée. Nous allons bien voir.

J'acquiesce et j'en profite pour lui demander si elle n'a rien remarqué de bizarre, dehors, au moment où elle se couchait.

Bizarre comment, demande-t-elle.

Je ne sais pas, comme une flamme qui aurait traversé le jardin, une forme lumineuse, mais je vois que ça ne te dit rien, tu serais venue m'en parler, j'ai dû rêver à moitié, tu sais, enfin c'est sans importance.

Sans doute la fatigue. Je te l'ai dit, Nathan, tu manques de sommeil.

Écoute, j'envoie le texte à Josefa, d'accord. Tu peux encore changer d'avis.

Robert avait refusé de leur vendre ces terrains, déclare-t-elle. Pourquoi le ferais-je, pourquoi aurais-je le sale rôle. Je ne devrais pas avoir à en discuter avec Sylvia. Franchement, on devrait enfermer ces gens-là. Ils vont tout raser, pour commencer, je vois ça d'ici. Un parc d'attractions. Mais Nathan, ces gens sont fous. Robert les aurait étranglés de ses mains.

J'acquiesce mollement. Non que je doute qu'il en fût capable, mais je ne veux pas prendre ouvertement sa défense, je ne veux pas remettre Robert sur le tapis. Quatre années ont passé depuis sa mort, or plus on s'éloigne de lui, plus il est présent. Je pense que l'on ne saura jamais ce qui s'est réellement produit, Robert n'avait pas que des amis, ou bien ce n'était qu'un terrible et stupide accident, et ce mystère n'arrange rien, la blessure cicatrise mal.

Je toussote dans mon poing. Tu sais, lui dis-je, ce ne serait pas vraiment faire injure à la mémoire de Robert que de vendre ces terrains.

Je ne te dis pas de le faire. Mais tu sauverais *L'Éveil* et tu ne serais plus en conflit avec ta fille. Ce n'est pas négligeable, du moins c'est à considérer. Je ne crois pas que Robert t'en voudrait si tu vendais. Enfin voilà, je voulais juste te libérer de ce fardeau, t'en débarrasser. Et j'ajoute que c'est toi qui as la bonne attitude, c'est toi qui leur tiens la dragée haute. Mais ça vaut la peine d'y réfléchir.

Il est tard. Ça ne signifie plus grand-chose pour moi mais je m'oblige à me coucher. Je m'éclipse, afin de clore la discussion. Je sais que Gaby tiendra autant qu'elle le pourra financièrement, mais ensuite. Quand ils auront poussé *L'Éveil* au bord de la faillite. J'aimerais savoir de combien de temps je dispose avant la catastrophe, les banques ne la soutiendront pas jusqu'à la Saint-Glinglin. Je regarde le lit vide à côté du mien, je tourne le dos puis j'éteins.

Monsieur est furieux, m'annonce Nicole en s'effaçant pour me laisser entrer.

Il est trois heures du matin et elle ne dormait pas. Je file m'effondrer sur son canapé, je connais le chemin.

Nicole, soupiré-je, nous verrons ça plus tard, mais là, je ne me sens pas bien. Je ne sais pas pourquoi j'ai pensé à vous. Je ne voulais pas rester seul. Nicole, ma femme m'a quitté. Ça vient de me tomber dessus. Je suis navré de vous embêter.

Vous ne m'embêtez pas du tout, Nathan. Vous avez bien fait de frapper à ma porte. Je suis désolée de vous recevoir dans cette tenue. Figurez-vous que je n'attendais pas de visite.

Elle est en chemise de nuit, ses cheveux sont défaits, opulents. Elle sourit.

J'ai une boule au fond de la gorge, dis-je, ou un nœud à l'estomac, je ne sais plus trop. Je suis sous le choc. C'est bon d'avoir quelqu'un à qui parler quand on traverse un coup dur.

Et de fil en aiguille, après qu'elle nous a gratifiés de quelques shots de vodkas glacés censés m'aider à remonter momentanément la pente, elle se laisse un peu aller et elle admet que la solitude est un bagage de plus en plus pesant quand on vieillit. J'opine, je sens qu'elle est en confiance. C'est d'ailleurs moi qui la relance à propos de Monsieur qui serait furieux, semble-t-il. Et pourquoi serait-il furieux. Je n'ai cité personne. Et tout ce que j'ai dit, tout le monde le sait. Je ne fais pas de révélations. Et ce n'est pas moi, c'est signé *L'Éveil*, c'est toute la rédaction.

Elle hausse les épaules avec un signe d'impuissance, d'incompréhension. Elle ne trouve pas, elle non plus, matière à s'indigner concernant la déclaration que nous avons publiée dans le dernier numéro. Elle ne comprend pas toujours son patron, m'avoue-t-elle. Monsieur est d'un caractère sévère, juste mais sévère.

Le sénateur a la réputation d'un type sans pitié, borné, rectifié-je *in petto*.

Je préfère vous prévenir, Nathan. Efforcez-vous de ne pas le rendre plus furieux qu'il ne l'est en ce moment. Les élections approchent, vous savez. Il aura d'autres choses en tête.

Elle croise les jambes et je vois que ses genoux sont égratignés.

Nous ne cherchons pas la bagarre, Nicole, vous vous en doutez bien. C'est comme si nous voulions envahir la Chine, c'est presque risible. Nous ne sommes pas fous.

Bien sûr, j'entends bien. Mais avoir raison contre lui ne sert à rien. Croyez-moi. Je vous aime bien, Nathan, je vous mets en garde, c'est tout. Vous savez, je ne vois personne, je ne connais pratiquement personne, dit-elle en m'effleurant la main tandis que je me penche pour remplir nos verres.

Mais elle ne va pas plus loin. Je suis étonné qu'elle tienne aussi bien l'alcool. Ses joues sont colorées mais son regard demeure vif – quoique fuyant, par instants.

Et c'est tout ce que ça vous fait, déclare-t-elle.

Comme je ne comprends pas, elle m'éclaire.

Que votre femme vous ait quitté, Nathan, c'est tout ce que ça vous fait.

Ça ne me fait pas plaisir, bien sûr. J'imagine que si j'étais seul, enfermé chez moi, je me sentirais plus mal.

Parfois, lorsque Monsieur et Madame sont absents, je n'ai personne à qui parler, je reste des jours entiers sans ouvrir la bouche, parfois des semaines.

Jamais de vacances.

Oui et non, quelquefois, ils m'emmènent avec eux. Je les attends à l'hôtel, au bord de la piscine, sur la terrasse, ou au bar, ou dans ma chambre, j'attends leurs instructions.

Je la considère sans rien dire, perplexe. Elle cherche alors à se justifier en m'expliquant qu'elle est entrée au service des parents du sénateur lorsqu'elle avait vingt ans, comme jeune fille au pair, et qu'elle est encore là, aujourd'hui, au service de leur fils, Richard, qu'elle a vu grandir.

Je hoche gravement la tête. Le jour n'est pas encore levé et je ne sais pas ce que j'attendais de cette visite impromptue. D'un coup de pioche hasardeux, voir jaillir le pétrole, sans doute. Or je me sens juste à moitié ivre.

Je n'ai pas choisi cette vie, mais je m'en accommode, poursuit-elle en sortant d'un placard un bocal de cerises à l'eau-de-vie. J'ai toujours manqué d'ambition. Dieu merci.

Vous êtes bien, chez les Brunevigne, vous êtes tranquille, dis-je en tirant sur la languette de caoutchouc tandis qu'elle me tend une petite cuillère. Ce n'est pas la sécurité de l'emploi qui vous anime, Nicole, de toute évidence, mais des liens partagés. C'est tout à votre honneur.

Oui, surtout avec les parents du sénateur, je regrette ces années-là. Les choses sont un peu plus rigides avec Richard et son épouse, les rapports plus distants, c'est différent. Ils aiment être obéis. Je n'en fais pas toute une histoire, cela dit. Ça ne me dérange pas. Ils ont de bons côtés.

Je hoche la tête, je n'en finis pas de m'interroger à son sujet.

Je lui demande si elle a le sentiment d'avoir renoncé à quelque chose. Ma question est un peu brutale, voire indiscrète, mais nous avons partagé une bouteille de vodka chemin faisant, l'heure n'est plus à prendre des gants. Néanmoins, elle ne s'en émeut pas et semble réfléchir à la question cependant que je picore quelques cerises.

Ma foi non, renoncé à quoi, s'étonne-t-elle en relevant la tête pour me regarder.

Je ne rentre pas directement après l'avoir quittée, j'ai besoin d'air frais. Les cerises m'ont un peu écœuré mais l'air froid me revigore. Nicole n'a pas voulu m'en dire plus. Elle est sérieusement perturbée, c'est le moins qu'on puisse dire. Certes, la vie de cloîtrée qu'elle mène ne favorise pas les rencontres.

Je descends jusqu'au bas de la rue en levant les yeux sur les toits, mais je ne remarque rien d'étrange. Des oiseaux traversent le ciel tandis que la nuit pâlit à l'horizon. Peut-être un rayon de soleil rasant avait-il frappé la cheminée de la maison d'en face, une vive lueur quoi qu'il en soit, un flash orangé. Nicole vaquait dans sa chambre lorsque je m'étais tourné par hasard vers la fenêtre du salon au moment pile où cette espèce de flamme disparaissait derrière le toit du voisin.

L'aube se lève à peine à mon retour, il y a un peu de brouillard aussi. Une lumière brille à la fenêtre du cabanon. Je ne suis pas le seul à être insomniaque. Je m'avance à pas de loup, m'embusque derrière un massif. Gaby est en train d'écrire. Elle est penchée sur un cahier. Je suis heureux de la voir à l'œuvre, c'est récurrent chez moi. Il souffle un air froid, régulier, qui m'engourdit. Je reste quelques minutes sur place à la regarder, tandis que sous mes semelles la vieille neige se transforme en bouillie grumeleuse. Je fais demi-tour à regret, après un coup d'œil alentour. J'ai la goutte au nez. Une odeur de pourriture végétale commence à flotter dans l'air.

Je n'ai pas eu de rapport sexuel avec Sylvia – ni avec aucune autre femme, d'ailleurs – depuis quatre ans. Je n'y pense pas plus que ça, mais il m'arrive encore de m'interroger un instant lorsque je la surprends à demi-nue, en train de se changer, sortant de la douche ou Dieu sait quoi. Je n'en fais pas une affaire d'État. En général, il me suffit de tourner le dos et de sortir de la pièce en bredouillant quelques mots incompréhensibles. Tout cela ne demande pas un gros effort de ma part. Une fois que l'on a relégué le sexe en seconde catégorie, tout devient plus facile.

Pour cette raison, je la prends dans mes bras quand elle revient de son week-end prolongé et ma femme est rayonnante. Sans être vraiment bleu, le ciel est très clair. Je la garde un moment serrée dans mes bras, bien qu'elle sente le sexe à plein nez, mais qu'importe, tant que le type ne lui fait pas de suçons. Je suis content de la voir.

Figure-toi que l'autre soir, me dit-elle tandis que je me penche pour attraper son sac, j'ai rencontré Barbara Brunevigne, la femme de ton sénateur, chez des amis. Et regarde ce qu'elle m'a donné.

À ce moment précis, j'entends un petit jappement en provenance du sac.

Ah non, m'écrié-je, tu n'as pas fait ça. Ah non, jamais de la vie.

Elle a déjà prévu que j'allais l'adorer alors que je veux juste le jeter sur l'autoroute. Je lâche un gémissement. Les Brunevigne ont le même, ajoute-t-elle. C'est un coton de Tuléar.

Je croise le regard de Sylvia et je grimace comme si elle m'avait planté un couteau dans le ventre. Écoute, lui dis-je, tout ce qui me fait rire dans un bouquin ne me fait pas rire chez moi. J'irai pas ramasser ses trucs dans le jardin.

Mais pour une fois, la mère et la fille s'entendent. Le coton s'arrange pour lécher toutes les mains et les voilà conquises. Et après on dira que les femmes ont toute leur tête. Quand je vois toutes les corvées et tous les soucis que nous allons nous attirer avec la bestiole.

Je passe la journée à ignorer le coton qui se promène d'une pièce à l'autre et que je repousse machinalement du pied. Je le surveille du coin de l'œil cependant que j'ai Josefa au bout du fil.

J'entends celle-ci qui fait claquer sa langue. Nathan, finit-elle par lâcher, ce que tu me dis là concernant les Brunevigne, tu sais à quoi ça me fait penser.

J'attends une seconde, puis je ricane. Je n'ai pas besoin d'images. C'est forcément quelque chose dans ce goût-là.

Oui, il y a le choix.

Mais tu vois, ça ne m'étonne pas. C'est ce genre de personnage. Plutôt tordu.

N'oublie pas sa femme, je la vois très bien dans le décor.

La garce. Figure-toi qu'elle a fourgué un jeune chien à Sylvia, elles ont fait connaissance et elle l'a embobinée, je suis vert de rage. Je ne veux pas d'enfant, ce n'est pas pour avoir un chien.

Je raccroche, je suis de mauvaise humeur, bien entendu. Je ne suis pas aussi cool que j'en ai l'air. La vie de bâton de chaise que mène Sylvia m'affecte, mais je prends sur moi. Je ne connais que vaguement ses fréquentations, les gens avec lesquels elle part en week-end, et je ne tiens pas à les connaître. Je ne veux pas de ce foutu chien, c'est tout. J'ai pensé que j'allais piquer une crise s'il se mettait à pisser sur le tapis. Je l'ai enfermé dans la cuisine. Ce n'est pas du tout mon type de chien, pour commencer.

Dans la nuit, je l'entends couiner. Je ne dors pas. Un puissant rayon de lune envahit la cuisine. Le chien est sous la table, il n'en mène pas large. J'essaie de comprendre ce que signifie ce cadeau, comment ces deux folles ont-elles bien pu se croiser et tomber dans les bras l'une de l'autre.

Au matin, je déclare à Sylvia, en prenant toutes les précautions du monde, qu'il faut rendre le coton à sa maîtresse avant qu'il ne soit trop tard, avant qu'elle et Gaby ne s'en mordent les doigts. Elle éclate de rire et m'annonce qu'il n'en est pas question.

Ah, putain, je vois qu'elle t'a ensorcelée, soupiré-je. Tu es au courant que son connard de mari est en train de torpiller le journal. Tu ne trouves pas ça malsain.

Nathan, tu as l'esprit tordu, mais vraiment tordu. Maintenant, lâche mon poignet, s'il te plaît.

Le chien s'est mis à aboyer. Pas de quoi inquiéter le voisinage avec sa voix de crécelle. Je lâche pourtant le poignet de Sylvia et il se calme aussitôt.

Pense à ses croquettes, marmonné-je en faisant demi-tour. C'est tout ce que je te demande.

Je sors et je passe la matinée en compagnie de quelques autres à coller des affichettes pour annoncer la soirée et elle fait salle comble. On refuse du monde. Des gens se bousculent pour l'écouter, l'œil brillant. Je parviens à peine à m'approcher de la scène. Lorsque Gaby commence sa lecture, le silence s'établit. Je connais bien ce frisson qui parcourt l'auditoire à l'instant où elle se lance, j'y suis habitué. Je suis parfois proche de l'érection, étonnamment. Il y a l'odeur des corps serrés, de l'excitation mentale, de l'attente, un éclair de joie pure qui éclate sous la dent. Je crois que je n'ai jamais manqué une seule de ses lectures publiques. Et sincèrement, c'est un grand moment de communion avec elle, du moins en ce qui me concerne. L'entendre lire ses textes à voix haute me touche toujours infiniment. J'ai l'impression que mon sang pulse. Quand j'entends soudain un type lancer des vannes du fond de la salle, des commentaires fielleux d'une voix forte et mauvaise. Au point que Gaby doit s'interrompre. J'en ai le souffle coupé. Mais le silence revient et elle reprend tandis que je me fraie un passage dans la pénombre en remontant l'allée. À présent, le type remet ça et s'en prend directement à Gaby, à sa couleur de cheveux, à sa poésie de merde, sa poésie de ménopausée, il vocifère, il repousse sans façons une ouvreuse et croise mon regard au moment où je me jette sur lui. Nous roulons sur le sol. Je veux qu'il ravale ses paroles. Je l'attrape à la gorge afin de le réduire pour de bon au silence et je serre autant que je peux, je n'y vais pas de main morte, je guette son dernier souffle. Je me sens enragé. Je l'étrangle de plus belle, je suis presque au bord des larmes. Je cherche à le réduire en bouillie. Je ne l'ai pas lâché facilement, à ce qu'il paraît, mais c'est bon, je me suis excusé, je suis d'accord, j'ai un peu perdu les pédales. Je hausse les épaules. Je vais attendre Gaby dans sa loge pour me détendre cependant que le type tousse et crache tant qu'il peut. Je suis à peine assis que le coton saute sur mes genoux. Je le regarde, mais je suis trop épuisé pour le faire descendre. J'entends les applaudissements dans la salle, les sifflets admiratifs, des hululements. Elle va signer quelques livres avant de me rejoindre et je sais ce qu'elle va me dire. Elle va me dire Nathan, on n'étrangle pas un homme parce qu'il interrompt une lecture. Je pourrais rétorquer que je souhaitais plutôt lui apprendre à vivre, mais il me semble préférable de ne pas m'étendre sur le sujet. De sorte que je me lève, vérifie ma tenue dans le miroir, me passe les mains sous l'eau et me redonne un coup de peigne avant qu'elle arrive. L'incident est clos.

L'accueil que le public a réservé à Gaby fait bien vite oublier le bref incident qu'a provoqué l'intervention de l'autre forcené. On la félicite, on la congratule. Elle m'adresse une mimique désemparée afin que je vienne la délivrer d'un groupe d'admirateurs particulièrement collants mais je vois bien qu'elle ne tente pas vraiment de s'y soustraire. Je la laisse en profiter. Je suis obligé de prendre le chien sous mon bras avant qu'il ne soit piétiné. Je lui dis juste de ne pas bouger, et depuis il se tient tranquille. J'ai même réussi à boire un verre. C'est bien, finalement, que tu ne sois pas trop gros, lui dis-je.

On traîne un moment dans l'arrière-salle du petit théâtre. Une femme s'approche de moi et m'annonce que Gaby la colle littéralement au plafond. Je m'éloigne en hochant la tête. Et là, je vois un garçon d'une dizaine d'années qui semble frappé de stupeur et m'indique d'un doigt tremblant le fond du couloir qui baigne dans l'obscurité. Je m'approche pour lui demander ce qui se passe et le gamin me répond qu'il a vu le diable. Je lui dis écoute, petit, on ne peut pas voir le diable, le diable est à l'intérieur de nous. Tu as vu quoi, au juste.

Ah, je ne suis donc pas le seul à observer ce phénomène, me dis-je en l'écoutant. Ça me rassure. Nous avons vu la même chose, ce garçon et moi. Il n'en a pas une vision aussi nette que la mienne mais le doute n'est pas permis. Cette lueur, ce feu rougeoyant, cette flamme bondissante, cette forme presque humaine, ce charbon ardent, peu importe. Je n'ai pas besoin d'un dessin. Quand soudain, quelqu'un sort des toilettes et un rai de lumière balaie le mur d'en face tandis que la porte se referme dans un souffle. Le gamin se colle à moi et pousse un gémissement. Je reste interdit trente secondes avant de baisser les yeux sur lui.

Ça va, tu as compris le truc, lui dis-je. Le voilà ton diable. C'est plutôt un lézard géant, ici, mais on s'en fiche, pas vrai, ce n'est jamais qu'un chiffon de papier cloué sur le mur mais ça fout la trouille, n'est-ce pas. C'est la lumière qui fait tout.

En fait, ce gosse a l'air un peu idiot, mais je vois son visage qui s'éclaire lorsque s'ouvre la porte des toilettes et que le lézard jaillit de nouveau dans l'obscurité, la gueule mauvaise. Lui aussi est dans les rouges, avec des reflets mordorés. Mais lui ne vole pas, ne se cache pas, ne saute pas sur les toits, ne passe pas derrière mes fenêtres comme un spectre enflammé, lui n'est pas collé à mes basques.

Je suis déçu, bien sûr. Ce garçon aurait pu faire l'affaire. On apprécie toujours d'avoir un compagnon de route, fût-il à l'âge ingrat, quand on marche au milieu du désert. Mais pour une raison que j'ignore, même ce pâle réconfort m'est refusé. Or je m'étais réjoui par avance d'obtenir la preuve que je ne rêvais pas. Je m'étais réjoui trop vite. Je dois être la proie d'une configuration de planètes sombres.

J'en connais un qui a eu les chocottes, dis-je en quittant le gamin qui rigole encore jaune. Mon vieux, quelle imagination.

L'assemblée s'est clairsemée lorsque je rejoins Gaby. Ne restent que les plus atteints, les plus tordus, les cannibales aux yeux doux, les pâmés, les simulateurs. J'ai toujours le coton sous le bras, qui ne dit rien, qui ne fait rien, et tout à coup une angoisse me saisit à l'idée qu'il pourrait faire sur moi. Je le tiens à bout de bras et je sors séance tenante. Je lui donne un peu de laisse tandis qu'il s'installe au pied d'un buisson au feuillage à peine givré. Je regrette de ne pas avoir un biscuit pour chien à lui donner, il le mérite. Quand il a fini et recouvert le tout de feuilles mortes, nous faisons quelques pas et je le détache. Je me demande si je suis en état de lui courir après s'il détale, mais il trottine à côté de moi. Si je m'arrête, il s'arrête, si je repars, il repart. Il ne pleut pas mais les arbres s'égouttent et brillent comme des couverts d'argent. Au retour, je dois passer le coton sous le sèche-mains des toilettes pour hommes. Il ne moufte pas.

J'ai envie de conduire, déclare Gaby quand nous rentrons. Le ciel est dégagé, la route n'est pas trop glissante, il est tard. Je lui tends les clés. Elle s'installe au volant et allume une cigarette. Je prends place et elle démarre.

Bientôt, on pourra rouler avec le bras à la portière, dis-je.

Oui, c'est un hiver très long. Mais Nathan, tu n'as pas à faire ça. Des gens sont là pour s'occuper de ce genre de problème.

Je hoche la tête en affichant un demi-sourire en direction de la route. Je n'ai pas envie d'avoir cette conversation avec elle. Je préférerais qu'elle porte toute son attention sur la conduite, qu'elle regarde devant elle. Je lui adresse un geste vague, signifiant le peu d'intérêt que j'accorde à cette histoire.

Mais c'est noté, lui dis-je. En tout cas merci pour cette soirée, c'était formidable, tes dernières productions me réjouissent. Et ta voix. J'ai l'impression qu'elle est plus grave, plus intimiste. Je vais même te dire, ne le prends pas en mauvaise part, mais elle est plus sensuelle. C'est une réussite. Je suis sérieux. Ils vont t'envoyer une copie.

Elle reste un instant silencieuse, négociant quelques virages avec une souplesse inattendue, nonchalante.

Eh bien, merci pour tes compliments, Nathan, merci pour tout, mais je ne veux pas d'un garde du corps, je te l'ai déjà dit. Ce n'est pas ton rôle. J'attends davantage de toi et tu t'en sors bien. Tu en fais déjà assez. Tu sais, je connais ce type avec lequel tu t'es battu, j'ai couché avec lui il y a quelques années et c'est un très mauvais souvenir. Je regrette que tu t'en sois mêlé. Tu ne pouvais pas savoir, bien sûr. Mais tu ne peux pas tout gérer, tu ne peux pas avoir les yeux partout.

Je ne dis rien. Nous frôlons une voiture qui roule en sens inverse. Si j'ai encore mon rétroviseur gauche, c'est un miracle.

Tu ne dis rien, déclare-t-elle. Je t'ai choqué, peut-être. Robert était au courant, je l'avais prévenu que je me vengerais.

Tu ne me choques pas, enfin je ne crois pas. En tout cas, ça ne date pas d'hier. Ça ne me regarde pas, c'est ta vie privée.

Être sa femme n'était pas simple, soupire-t-elle distraitement.

Parfois elle roule dans une flaque et arrose copieusement les bas-côtés. Le coton dort sur la banquette arrière. À la sortie de la ville, dans la nuit noire, le ciel se remplit d'étoiles.

Il faut me le dire quand j'en fais trop, déclaré-je. N'hésite pas. Fais-moi un signe avant que ça ne devienne un problème.

Souriante, pour me rassurer, elle pose une main sur mon genou. Je remets la main sur le volant. Ça la fait rire. Je suis content que l'on rentre sans encombre.

Ça te chagrine, cette histoire, me dit-elle en se garant devant la maison.

Non, pas plus que ça, réponds-je sur un ton évasif. Je ne sais pas si j'ai envie d'en entendre parler.

Une demi-heure plus tard, je connais toute l'histoire. On est sur le pas de la porte et on commence à grelotter, à produire de la buée. Le gars s'appelle Patrick et leur liaison a duré quelques mois, jusqu'à la mort de Robert. L'envie lui a passé d'un seul coup et leurs rapports se sont embrouillés. Je dis Gaby, ça va, n'en parlons plus. Et si on entrait avant de geler sur place.

Elle hésite puis hoche la tête en prenant le chemin de son cabanon. Je la suis des yeux. Je pense à ce type qui se l'envoyait quelques années plus tôt et qui resurgit tout à coup. Dire que je n'avais rien vu à ce moment-là, je n'en reviens pas. Je ne me félicite pas. Mais elle était la femme de Robert, pas la mienne, je ne me glissais pas dans son lit tous les soirs, pour faire bref. Il n'y a qu'un peu de lumière à l'étage. C'est à peine si un minuscule rayon de lune parvient à dessiner de vagues silhouettes dans l'obscurité du rez-de-chaussée. Je sors le coton de mon anorak avant qu'il ne s'endorme contre ma poitrine.

C'est ça, le plus drôle. En quelques jours, le coton et moi sommes devenus les meilleurs amis du monde. L'animal est doté d'un flair et d'une intelligence remarquables, et obéissant par-dessus le marché, le bougre. Je le promène sans laisse. Je l'appelle Coton. À *L'Éveil*, il a sa place à côté de moi, il se laisse porter par Josefa, qui le trouve beau et le lui dit, et il va finir par le croire, alors que franchement, il faut de l'imagination. Mais j'apprécie sa compagnie. Je parle en tant qu'insomniaque. Je me promène avec lui dans la maison, au beau milieu de la nuit, je peux lui parler, je vais regarder les deux femmes endormies, je dois le prendre dans mes bras car il est trop petit, il ne voit rien, je lui donne les morceaux de jambon qui débordent de mon sandwich ou nous regardons un film vautrés dans les coussins. Les nuits passent plus vite. Sylvia se moque de moi, elle me rappelle les cris que j'ai poussés au moment de l'adoption. Je lève les yeux au ciel.

Quoi qu'il en soit, le temps se radoucit de jour en jour. Le ciel est encore d'un bleu pâle mais c'est Hawaï, après cet hiver interminable – même si l'on claque encore des dents lorsque le soir tombe. Je fais la connaissance de Barbara Brunevigne par un pur hasard, en la croisant dans une allée du jardin qui borde le plan d'eau. Son chien aboie en direction d'une poignée de colverts qui s'éloignent de la rive sans un battement d'ailes, dans un glissement tranquille, plein de mépris. Coton me file alors entre les jambes pour rejoindre son ami.

Barbara Brunevigne est connue pour sa froideur, sa dureté, même. Son invraisemblable passion pour le coton de Tuléar, dont elle est la présidente du club, d'après Sylvia, l'est tout autant. Tout le monde sait qu'elle est bipolaire. Mais elle lève les yeux sur moi et son visage s'illumine comme sous le coup d'une apparition céleste. Elle me sourit, m'embrasserait presque et me tend la main, n'osant pas me prendre dans ses bras. J'exagère à peine. Elle ne va pas tarder à me dire qu'un homme qui apprécie le coton de Tuléar est un homme de goût, hors du commun. Je pense que mon physique n'y est pour rien. C'est une secte, ou je ne sais quoi, le coton est un signe de reconnaissance, voire de ralliement. Nous regardons un instant nos deux chiens rouler dans l'herbe humide, rivalisant de cabrioles sans intérêt, de pitreries. Barbara est enchantée par le spectacle, elle applaudit des deux mains. Elle veut tout savoir.

Gaby ne sait pas trop quoi penser de la situation. Soucieuse, elle arpente la cuisine de long en large tandis que j'examine le ciel pommelé.

Elle te tourne autour, demande-t-elle. En tout cas, on dirait.

J'hésite à répondre en faisant la moue. Ma foi, je ne sais pas trop, dis-je. Quand elle pose les yeux sur moi, j'ai l'impression qu'elle pense à autre chose.

Elle s'arrête et me dévisage. D'accord, annonce-t-elle, je vois ce que tu veux dire. C'est clair comme de l'eau de roche.

Je réponds oui, je ne sais pas, faut voir, tu as peut-être raison.

Je n'ai pas peut-être raison, déclare-t-elle. J'ai raison. Quand je dis attention, j'ai raison. Pas peut-être. Cette Barbara ne m'inspire aucune confiance. Tu ferais bien de lui rendre ce chien, c'est un cadeau empoisonné.

Je blêmis.

Coton saute sur mes genoux. Tu lui as fait peur, lâché-je sur un ton agacé. Il t'a parfaitement compris.

Eh bien mon Dieu, quelle humeur, réplique-t-elle. On se croirait dans le métro.

Gaby, nous n'allons pas reparler de ça ici. Je ne suis pas naïf. Je suis curieux. Alors arrête, je ne vais pas vendre mon âme au diable, arrête. J'attends juste de voir où elle veut en venir. Ce qu'elle cherche, au juste.

Elle se tortille pour plonger une main dans sa poche et en tire un chouchou qu'elle glisse à son poignet. Ne les prends pas pour des débiles mentaux, me conseille-t-elle en nouant ses cheveux.

J'acquiesce. Je ne vais certainement pas commettre cette erreur. Je me lève et me dirige vers l'entrée. Coton est déjà sur mes talons, prêt à me suivre.

Je me tourne vers Gaby qui regardait la scène, les bras croisés. Ce n'est pas ce que j'appelle un cadeau empoisonné, soliloqué-je en ouvrant la porte.

Je connais tout à présent sur le coton de Tuléar, ses origines, ses besoins, sa nourriture, son entretien, etc. Je suis censé, par exemple, lui brosser les dents deux ou trois fois par semaine. Lui tailler les ongles, les limer, pourquoi pas les vernir, et lui nettoyer les yeux avec une eau micellaire hydratante. J'en passe. Barbara n'a rien oublié, j'ai toute une liste, avec son numéro en cas d'urgence. Je suis à présent incollable sur cette race que Dieu n'a pas comblée, honnêtement. Rien d'autre pourtant ne paraît réellement intéresser cette femme. Nous nous sommes de nouveau croisés dans le parc, par hasard, après notre première rencontre, et j'ai pu constater à quel point elle était obnubilée par le sujet. Une fanatique absolue, de la pure obsession. Et pendant ce temps, son mari est en train de nous saigner à blanc. Bientôt, le papier vaudra de l'or et tout sera à l'avenant. *L'Éveil* ne pourra plus se payer ce luxe et devra se contenter d'une édition numérique. Il faudra serrer les dents, tenir au maximum. Au milieu de la nuit, je sors prendre l'air, je marche un peu, le front baissé, ruminant toutes ces pensées brûlantes, quand j'aperçois cet oiseau de feu de malheur, perché sur le toit. Je lui balance un bout de bois ramassé au hasard et l'horrible bestiole disparaît dans les broussailles en poussant un cri de colère ou d'effroi. Puis tout retombe dans l'obscurité. Je ne peux m'empêcher d'être inquiet pour la suite, cependant. Je crains que le fardeau sur les épaules de Gaby ne devienne trop lourd. D'un point de vue financier, sans doute, mais surtout la charge mentale que cela représente, sa responsabilité envers *L'Éveil* et les gens qui étaient là depuis le début, quand Robert avait lancé le premier numéro. Il était seul. Ce n'était pas rien. Je commence à la connaître, je sais qu'elle est forte, mais une armée de femmes comme elle n'y suffirait pas. L'air de la nuit sent le champignon. Je m'accorde encore quelques pas avant de faire demi-tour. Autour de moi, la rosée étincelle. J'essaie de ne pas penser à ce Patrick mais l'image de ce type que j'ai failli étrangler revient. Le hasard n'existe pas. Je comprends à présent la rage démesurée qui m'a saisi quand je me suis jeté sur lui. Comme si une partie de moi prenait de l'avance sur ce que j'allais bientôt apprendre.

Je l'ai à peine vu, j'ai à peine deviné son visage dans l'obscurité, j'ai bénéficié de l'effet de surprise, je l'ai coincé entre deux banquettes pour lui régler son compte, je ne me suis pas préoccupé de son physique. À présent, j'aimerais avoir son portrait à me mettre sous la dent. J'aimerais avoir une image du type qui s'est envoyé Gaby durant des mois. J'aimerais le dévisager pour comprendre comment il a réussi son coup. C'est pour moi une véritable énigme. Une contrariété de plus. L'esprit ailleurs, je joue un instant avec Coton – une petite brindille fait l'affaire – avant de retourner me coucher.

Je ne vois pas pourquoi je t'aurais mis dans la confidence, me fait Sylvia en sortant de la salle de bains. Ça ne te regardait pas.

Je suis un peu tombé des nues, je te l'avoue. Ton père était au courant, paraît-il.

Je ne sais pas. Probablement. Je ne me mêlais pas de leurs histoires. On peut changer de sujet.

Je m'exécute et lui parle de mes échanges avec Barbara Brunevigne. Elle est au courant.

Elle demande de ses nouvelles au moins une fois par jour, ajoute Sylvia. Tu lui fais une excellente impression, si tu veux savoir. Elle a aussitôt vu qu'il t'avait adopté.

Je la regarde sans répondre. Je suis sans réaction. J'enfile un pantalon.

En tout cas, on en apprend tous les jours, marmonné-je avant de quitter la chambre.

Je l'accompagne à son agence car sa voiture ne démarre pas. J'en profite pour lui conseiller de ne pas devenir trop copine avec Barbara Brunevigne car il peut se produire un évènement qui l'obligera à choisir son camp. Elle me répond qu'elle le sait, qu'elle n'est pas idiote.

Je la dépose devant l'entrée de son bureau. Elle descend en claquant la portière. Je ne regrette pas d'avoir épousé Sylvia, non. Malgré son caractère. Je me laisserais couper un bras, pour elle. Je ne voudrais pas être à sa place en ce moment. Il y a du déchirement dans l'air. Elle revient sur ses pas et frappe au carreau. J'ouvre et elle me dit je peux encore faire ce que je veux, non.

Cette fois, c'est le loyer de *L'Éveil* qui augmente. Comme par hasard. Heureusement, les ventes se maintiennent vaillamment, et les abonnements ont augmenté depuis nos appels à l'aide. Gaby a de nouveau repoussé l'offre qu'on lui a faite pour les terrains.

Je la sens un peu nerveuse, depuis quelques jours, et je tombe à la renverse quand j'apprends par Sylvia, qui les a croisés en ville, qu'ils se sont revus depuis la lecture, dans mon dos, en cachette, ledit Patrick et elle. À son air, je sens que ça ne se passe pas très bien entre eux et ça me rassure un peu, c'est tout.

Je suis un peu vexé, bien sûr, ce n'est pas la question. Le soir, je relis ses poèmes et ils me revigorent, m'empoignent jusqu'au tréfonds. Je ne cherche pas de vérité cachée.

Je trouve un moment, plus tard, pendant ma pause repas, pour me pencher un peu sur lui. J'avale presque de travers lorsque je découvre que Patrick est recensé comme poète, et parmi les meilleurs. Je me mets à tousser. Le type du bar se penche pour me taper dans le dos.

Je n'ai pas le temps d'aller voir ce qu'il écrit. Je n'éprouve pas non plus de curiosité particulière à cet égard. Nous rencontrons quelques ennuis avec la maquette, nous avons deux sujets encore dans la nature, l'heure tourne et c'est le branle-bas de combat jusqu'au soir.

Je dois dire qu'il m'est aussitôt antipathique. C'est un type un peu plus jeune qu'elle, dans le genre ténébreux avec mèche. Je vois qu'il a quelques poignées d'admirateurs, d'inconditionnels, plutôt des femmes, l'une d'elles a tatoué son nom sur son épaule et l'exhibe en tirant la langue comme au bon vieux temps. Je note les coordonnées de l'éditeur puis j'éteins mon écran en apercevant Nicole dans le hall d'entrée.

J'ai quelque chose pour vous, Nathan, de la part de Madame, dit-elle sans me quitter des yeux.

La nuit est tombée. Un air humide souffle de la rue sous la porte vitrée. Je ne suis pas sûr qu'elle ait bien compris que je ne voulais pas coucher avec elle. Non pas que je sois allergique aux vieilles filles, j'en ai baisé quelquefois et j'en ai de bons souvenirs. Nicole me tend un paquet enveloppé dans du papier de soie mauve. Je le prends, ne sachant trop quelle attitude adopter. Elle en profite pour effleurer mes doigts et se mordre la lèvre, je n'y fais même plus attention.

Il s'agit d'un harnais et d'une laisse en cuir de crocodile cousus à la main.

Je cours après elle pour m'excuser. La fatigue m'a mis à cran et j'ai fini par lui demander si c'était elle qui avait eu ce goût de merde. Elle marche vite. Je l'ai blessée. Elle a blêmi. Elle n'habite pas loin, nous y sommes en trois minutes, je la serre de près en lui déclarant que je n'ai pas l'intention de tenir Coton en laisse. Nicole, écoutez-moi une minute, j'ai une sainte horreur de ces trucs-là. Je ne vous visais pas, j'ai été grossier, je vous demande pardon, bla-bla-bla. Elle m'ignore, elle ne m'adresse pas un seul coup d'œil. Je retire ce que j'ai dit, soupiré-je tandis qu'elle cherche ses clés.

À l'arrêt devant chez elle, le souffle plus rapide, elle daigne poser les yeux sur moi. Je sens que je vais avoir un point de côté.

Nicole, allez, quoi, comment dois-je vous le dire.

Elle hésite. Je prends mon air le plus misérable qui soit. Je n'ai pas envie que mes paroles tombent dans l'oreille de Barbara Brunevigne.

Je baisse les yeux.

Très bien, Nathan, j'accepte vos excuses, finit-elle par annoncer en minaudant. Mais vous m'avez fait mal.

J'étais fatigué, en colère, argué-je, ne me demandez pas pourquoi. Je suis désolé. Je vous inviterai à une soirée de bouclage. Vous verrez. Vous comprendrez.

Elle se radoucit tout à coup, sa pâleur s'évanouit.

En tout cas, ce n'était pas mon idée, dit-elle.

Mais je vous l'ai dit, Nicole, ce n'est pas vous que je visais.

En une seconde, ses traits se recomposent, elle rosit.

Eh bien c'est d'accord, déclare-t-elle, n'en parlons plus.

J'appelle Josefa pour prendre des nouvelles mais tout paraît rentrer dans l'ordre, on a eu le retour coup sur coup des deux enquêtes qu'on attendait dont celle sur la pénurie de cellulose qui s'annonce comme un raz-de-marée. Donc voilà, je suis assis devant Nicole et nous buvons le verre de l'amitié. Coton est avec moi. S'il y a quoi que ce soit, Josefa, tu m'appelles, je suis là en dix minutes, tu n'hésites pas.

Cette fois, Nicole a du porto. Je ne suis pas contre un bon porto, je suis même très amateur. Pas le matin, sans doute, mais le soir, à la tombée du jour, derrière une fenêtre, avec ses éclats de rubis.

Elle lève son verre et moi le mien à notre réconciliation. Je remarque à nouveau les égratignures sur ses jambes, je lui demande comment va le pied de notre sénateur et je me réjouis d'apprendre que ça va beaucoup mieux, qu'il continue à boiter, cependant, et marche avec une canne.

J'espère qu'il souffre. Comme souffriront tout un tas de gens si jamais il parvient à implanter son parc d'attractions sur les terrains de Gaby. J'espère que chaque pas est une douleur. Mais je ne dis pas les choses à Nicole de manière aussi directe. Je les lui laisse entendre. Or, étonnamment, elle me répond sans ambages qu'elle est plutôt contre ce projet et elle déplore que Richard Brunevigne soit un tel entêté.

J'accepte que Nicole me resserve un verre. Les propos qu'elle me tient sont très intéressants, sa langue se libère, semble-t-il. Je dois avoir ce don, de faire parler les gens. C'est très utile dans mon métier. Et n'ayant moi-même, la plupart du temps, pas grand-chose à dire, je suis le public idéal.

Elle se trémousse un peu à côté de moi mais elle se tient relativement tranquille. Je ne dis rien car je sais que ça l'amuse mais je ne la laisse pas aller trop loin. Sinon elle s'échauffe vite. Elle me voit comme une fenêtre dans sa prison. Elle m'apprend d'ailleurs que le torchon brûle souvent entre les Brunevigne.

L'ambiance est particulièrement morose en ce moment, ils viennent d'annuler une soirée, soupire-t-elle, dommage, ça aurait mis un peu de gaieté dans la maison. Heureusement qu'il y a les chiens. Madame est tellement satisfaite quand elle vous croise avec le vôtre. Elle répète qu'il est entre d'excellentes mains, et là je ne peux que l'approuver. Vous le brossez tous les jours.

Oui, oui. Dès le matin en me levant.

Elle me saisit le poignet et se fige, le regard brillant. Écoutez, Nathan, dit-elle, si un jour je vous invite à une soirée, vous viendrez ou pas, répondez-moi.

Mais oui, avec plaisir.

Je me demande parfois jusqu'où ira ma curiosité. Dès qu'une porte s'ouvre, je m'y précipite. Où donc ce tunnel obscur me mène-t-il encore, me dis-je, c'est plus fort que moi.

Grâce au porto, j'obtiens quelques infos. Il s'agit d'un club en dehors de la ville, elle ajoute un club très privé. Je vois très bien, elle n'a pas besoin de cligner de l'œil. Je connais à peu près tous ces endroits à des kilomètres à la ronde mais elle me parle d'un superbe aquarium et ça ne me dit rien. Elle ne veut pas m'en dévoiler davantage. Je ne vais pas non plus mener une enquête. Je pense voilà à quoi elle joue. Mais pourquoi pas. Rien de très étonnant, après tout. C'est une double personnalité, c'est le jour et la nuit en même temps. Je l'aime bien malgré tout, moi, ça ne me gêne pas.

Il me semble, cependant, qu'elle imagine que le Grand Soir est arrivé. Je le sens. Elle pense que je lui dois quelque chose, qu'il m'incombe de me faire pardonner après mes propos insultants, que mes excuses ne suffisent plus. Elle s'affale contre moi – qui suis coincé à une extrémité de son canapé – avec un gloussement terrible. Elle est brûlante. À force de gesticuler, sa robe est remontée à mi-cuisses, un voile de sueur perle à son front et brille à sa lèvre supérieure. Elle a une odeur de vieux fauteuil en cuir, franchement pas désagréable. Je l'ai déjà remarqué quand elle m'entreprenait, mais c'est encore plus fort, plus net, cette fois, sa chaleur irradie. Sa robe est dans les rouges. Sa langue se faufile bientôt dans mon oreille. Je soupire et je me lève et elle bascule sur le côté en grognant.

Non, mais vous êtes incorrigible, lui dis-je. Regardez dans quel état vous vous mettez, on croirait que vous avez pris un coup de soleil. Ce n'est pourtant pas l'été.

Ne vous moquez pas de moi.

Ce n'était pas méchant. Je vais revenir m'asseoir près de vous si vous vous tenez tranquille.

D'accord. Mais excusez-moi, Nathan, je n'y peux rien, déclare-t-elle en se penchant pour allumer une bougie sur la table basse après avoir éteint.

Non, mais vous vous foutez de moi, lui dis-je en souriant.

Lorsque je retrouve Josefa, l'ambiance à *L'Éveil* est plus détendue. Mon absence n'a pas conduit au chaos et tout est rentré dans l'ordre. Gaby est déjà partie. Je ne sais pas si Patrick est dans le coup, mais ce n'est pas impossible.

Laisse-la vivre sa vie, me dit Josefa. Ce n'est pas ta mission.

Tu as quand même compris que c'est un connard, non. Je n'ai pas envie qu'il mette les pieds à la maison. Tu me vois, à table, assis devant un type que j'ai à moitié étranglé. Tu ne vois pas la vaisselle voler.

Elle reste évasive.

Ce Patrick, déclare-t-elle, j'en ai entendu parler. Je crois que c'est pas mal du tout, ce qu'il écrit.

Tu m'en diras tant. Peut-être qu'il joue de la harpe, aussi.

Nous attendons le retour de l'imprimerie pour tenir le nouveau numéro entre nos mains, sentir l'encre encore fraîche sur le papier. Nous ne sommes plus qu'une demi-douzaine, dont deux techniciens en cas de pépin, quelques sandwichs et quelques bières, du tabac. Coton s'endort devant les informations, les ouragans, les tremblements de terre, l'étendue de la grippe, les morts, les voyages vers la Lune.

J'en profite pour raconter à Josefa mon tête-à-tête avec Nicole.

Je ne sais pas ce qu'elle prend, lui dis-je, mais tout à coup, elle est déchaînée, elle devient rouge comme une pivoine, luisante comme un lampion. Elle est prise d'une sorte de frénésie sexuelle qui en ferait reculer plus d'un, et même plus d'une. Je ne me vois pas ouvrir la fenêtre pour appeler au secours.

Josefa me considère en hochant la tête. Elle prend un peu trop son temps à mon goût.

Quoi qu'il en soit, les choses se précisent à bas bruit, le brouillard se dissipe. Le grand froid a disparu. Les journées sont encore sombres et piquantes mais on ne grelotte plus en sortant. En revanche, certains jours, il peut tomber des cordes qui dégringolent de ciels noirs, luisants comme le cuir de gants de boxe. Ce qui crée de sérieux embouteillages. Je suis dedans, j'avance à peine, hypnotisé par le ballet des essuie-glaces, je fais partie de tous ces imbéciles, pare-chocs contre pare-chocs, qui scrutent l'horizon lumineux à travers les gouttes. C'est si fascinant que je m'endors au volant à un feu rouge, et me réveille sous un concert de klaxons acrimonieux. Un long week-end s'annonce et tout le monde a envie de fuir, de décamper de la ville en quatrième vitesse, d'où une prégnante nervosité dans l'air. Je me sens moi-même plus ou moins oppressé par moments – le manque de sommeil n'arrange rien, sans doute. J'arrive en retard à la lecture de Patrick. Je m'installe au fond, discrètement. J'écoute. C'est pas si mal. Sans atteindre des hauteurs stratosphériques, ce n'est pas désagréable. On sent parfois le labeur, la bonne volonté.

Fixé, je sors avant la fin. La pluie s'est arrêtée, les vitrines sont allumées, les trottoirs vernissés.

De retour à la maison, Gaby me demande ce que j'en pense.

Je m'attendais à mieux, résumé-je avec un vague haussement d'épaules. Je me demande ce qui a bien pu t'attirer chez lui. C'est bizarre, non. Pour Robert, je peux comprendre l'admiration, la fascination intellectuelle, encore que, mais ton poète, là, ça me fait un peu sourire, excuse-moi. Ne me dis pas que tu es bouche bée devant ce qu'il écrit, ne me dis pas ça.

Elle grimace et se trouble et se noie durant quelques secondes, puis elle reprend fièrement ses esprits pour bégayer une improbable défense de la poésie de son ancien amant. Je lui demande si c'est vrai, si elle rigole, si elle peut me regarder en face et répéter, or elle replonge, puis remonte à la surface et finit, en panne d'arguments, par baisser les yeux en se mordillant la lèvre.

Je nous sers un verre.

Je crois qu'il est jaloux de toi, ajouté-je. Tu es d'un niveau qu'il ne peut pas atteindre, il a au moins cette lucidité. Te dire ça ne signifie pas que je joue les anges gardiens. Je te donne juste mon sentiment, je ne mets pas mon nez dans tes affaires personnelles, ah ça, jamais de la vie. Écoute, il manque d'oreille, c'est tout ce que j'ai à dire. On est désolé pour lui.

Elle pousse un long soupir avant de relever la tête.

Et pire encore, lâche-t-elle, il n'a pas progressé, au contraire. Ça m'a terrifiée. C'est tellement triste.

Je bois mon Hibiki comme du petit-lait.

Il n'y a pas un jour, depuis cinq ans, où je n'y pense pas. J'ai failli en crever, j'ai failli laisser ma peau dans cette clinique, il a fallu me réanimer et tout le bordel. Je n'ai plus d'érections, depuis. Pourtant, quelquefois, en certaines occasions, si le signal est fort, je sens un frémissement, je prie pour que la joie revienne, je serre les dents jusqu'au moment où le dernier espoir s'évapore. Un mauvais moment à passer. Sylvia et moi n'essayons même plus de peur d'abîmer ce qui nous reste. Je lui offre un cunnilingus pour Noël et un autre pour son anniversaire et nous en sortons chaque fois la larme à l'œil.

Je ressens ce frémissement, tout à coup, en présence de Barbara Brunevigne. Ils ont un grand parc et les deux cotons semblent ravis de ces retrouvailles. Barbara m'a adressé un message dans la matinée pour me confier ses inquiétudes à propos du sien qui reste couché du matin au soir dans sa corbeille et boude ses croquettes. Elle craint une dépression. Une mélancolie vicieuse.

Je suis rassurée, déclare-t-elle tandis que les deux chiens filent entre nos jambes. Nous nous penchons d'un même élan pour attraper un verre qui glisse du guéridon et je croise vraiment son regard pour la première fois. Le contact se fait à ce moment précis. Le signal est fort.

J'en suis le premier étonné. Je n'ai rien vu venir. J'ai senti une tiédeur dans mon pantalon, un souffle de vie qui s'éveillait, j'en ai eu le cœur serré d'émotion. Mais ça n'a pas été plus loin. Je ne sais pas ce qu'elle a ressenti – si jamais elle a pu ressentir quelque chose pendant cette fraction de seconde, mais je n'ai rien remarqué.

Ils ont besoin de se dépenser, dit-elle. Sinon ils s'emmerdent, vous comprenez.

Je souris d'un air entendu. Le soleil passe par éclats entre les nuages poussés par un puissant vent d'altitude. Je ne suis pas certain, plus je la regarde, que vivre avec cette femme soit une aventure de tout repos. Mais ça ne l'empêche pas d'être désirable. Même dans mon état. Même si c'est peine perdue.

Elle pense que nous devrions renouveler l'expérience. J'acquiesce immédiatement. C'est pure folie. Un jour, tout me retombera sur le dos. La facture me sera présentée.

Une ou deux fois par semaine, ce serait bien, précise-t-elle. Cela dépend de vos disponibilités.

Je croise les jambes, époustouflé, je prends une bonne respiration. Je peux m'arranger. Vos heures seront les miennes.

Je caresse Coton qui passe à ma portée en cette délectable fin d'après-midi. Je souris en pensant à ces femmes qui me trouvent à leur goût maintenant que je ne suis plus dans la course. Je n'ai pas besoin d'imaginer la tête qu'elle fera, je le sais déjà. Mais qu'à cela ne tienne.

Nous pourrions même organiser des rencontres, poursuit-elle, comme saisie de ravissement.

Bon Dieu, dis-je sombrement, et vous me demandez ça comme ça.

Bien sûr. Comment voulez-vous que je vous le demande.

Elle se tourne vers les deux cotons qui cabriolent à nos pieds.

Regardez comme ils sont chou, soupire-t-elle tendrement. Ils seront contents de voir des amis, de jouer ensemble. J'ai toujours peur qu'ils perdent leurs poils quand ils sont déprimés, ces petits vauriens. Je les adore. Nous allons donc procéder ainsi. Excellente idée que vous avez eue, Nathan. Je peux vous appeler Nathan.

Bien sûr. Mais ce n'est pas mon idée, c'est la vôtre.

Oui, peu importe, nous sommes sur la même longueur d'onde, Nathan, c'est le principal. J'ai des amies qui ont les mêmes, elles vont être folles, elles ne vont plus nous lâcher, je vous le garantis.

Je frissonne un peu. Je me suis refroidi. Richard Brunevigne traverse le jardin armé de sa canne, son téléphone collé à l'oreille. Il nous adresse un signe, sans vraiment nous regarder, et il poursuit sa conversation, en jogging, une casquette à visière sur le crâne. Il a une vingtaine d'années de plus que moi mais le bougre est bien conservé et je serais surpris que nous partagions le même handicap, tous les deux. Ce n'est pas le genre.

Elle va s'entêter encore longtemps, d'après vous, me demande-t-il sur un ton amical. Nous sommes d'une patience extraordinaire, vous ne trouvez pas.

J'allais le dire. Ça m'a frappé.

Il pousse alors un hurlement de douleur lorsqu'un coton survolté, lancé comme une flèche à la poursuite de son compère, s'emplafonne dans son pied déjà meurtri. Un type surgit d'un buisson, l'arme à la main. Le sénateur lâche un dernier râle avant d'indiquer au gars que tout va bien. Il est blanc comme de la craie, ses lèvres tremblent, il siffle entre ses dents. Nous l'aidons à rejoindre le perron à cloche-pied. Nicole s'occupe de régler le chauffage extérieur afin que nous puissions profiter de la terrasse et de ses énormes fauteuils. Elle est habillée en soubrette. Elle baisse les yeux. Les lève-t-elle une seconde qu'elle me fixe sans la moindre expression.

Vous avez vu ce qu'ils ont fait de moi, ces détraqués, grogne Richard Brunevigne. Merde, je tiens à peine debout. Mais mon vieux, dès que vous sortez de Kuala Lumpur, c'est la jungle.

C'est magnifique, précise Barbara.

Je veux dire c'est le désert, il n'y a rien. Vous tombez malade, vous êtes mort. On est chez les fous. Je ne vous dis pas entre les mains de quels charognards je suis tombé. Ils m'ont ouvert le pied trois fois et ce n'est pas fini.

Ne parlons pas d'opérations foireuses, dis-je, c'est épouvantable.

Richard exagère beaucoup, déclare Barbara tout en signifiant à Nicole que l'on n'a plus besoin d'elle – laquelle Nicole s'en assombrit davantage avant de tourner prestement les talons.

Richard se renfonce dans son fauteuil avec un ricanement mauvais. Si je perds ma jambe, dis-moi comment te l'annoncer, rétorque-t-il.

Je les quitte à regret, avant qu'ils ne se lancent des objets à la tête. Ces quelques instants passés en leur compagnie m'ont convaincu que les guerres sont à nos portes. Sitôt rentré, je demande à Sylvia de regarder un Lubitsch avec moi. J'ajoute je crois que ça me ferait du bien, j'ai besoin de me détendre un moment.

Ma foi, dit-elle, ça marche.

C'est bien que tu sois là de temps en temps, déclaré-je.

Avant de lancer le film, je lui annonce que j'ai pris le thé avec les Brunevigne. Coton et moi. Dans leur parc. Ils sont tous les deux siphonnés, n'est-ce pas.

Elle lève une épaule. Ça dépend des circonstances, dit-elle en faisant la moue. Et avec qui.

Écoute, au moment de partir, il s'est penché vers moi et avec le sourire aux lèvres il m'a glissé je pourrais vous écrabouiller, vous savez.

Ça ne veut pas dire qu'il est siphonné.

Non, pas complètement, tu as raison.

Gaby rentre tard, très tard. Je ne suis pas couché. Je lève les yeux de mon écran où le monde tourne en boucle, où tout finit par se mélanger, quand j'entends sa voiture. Je jette un dernier coup d'œil sur les images d'un gigantesque incendie qui a lieu en ce moment, je ne sais où, qui crame des forêts entières, qui jette des gens hors de leurs maisons et je me lève en regardant ma montre, il est presque quatre heures du matin.

J'ai bien envie de lui faire une remarque mais je préfère me dégonfler pour éviter l'orage. Je regarde la porte d'entrée mais elle ne s'ouvre pas. Je compte jusqu'à dix puis je m'approche de la fenêtre. À la grâce d'un clair de lune évanescent, j'aperçois Gaby qui file dos courbé vers son cabanon. Quelque chose ne va pas. Je décroche un blouson et je vais voir.

Elle a pris une sacrée volée. J'en ai les jambes molles, le cœur battant. Elle sortirait d'un match de boxe qu'elle n'étonnerait personne. Elle saigne encore un peu du nez, son visage est rouge, luisant, son œil est fermé, ses lèvres sont gonflées, comme botoxées.

Je la serre un instant dans mes bras avant de l'interroger. Je dois la prendre par les épaules pour l'écarter de moi car elle ne dit rien. Je demande si c'est Patrick. Elle me répond c'est bon, sur un ton agacé. Toute ma colère s'engouffre alors dans un puits sans fond.

Je vois trouble durant quelques poignées de secondes, je titube, puis je me ressaisis. Bon Gaby, tu ne restes pas là, je vais te conduire à ta chambre pour commencer et je vais te faire couler un bain. Je lui prends le bras et je lui dis ne sois pas bête. Nous traversons le jardin dans la fraîcheur de la nuit nébuleuse, je la soutiens pour l'empêcher de trébucher. À mi-chemin, elle retient un sanglot et devant l'escalier, elle se laisse faiblement choir sur la première marche, elle n'a plus la force de faire un pas. Je me demande bien comment elle s'y est prise pour conduire jusqu'ici, je ne peux même pas l'imaginer. Je me baisse pour l'attraper et la monte dans sa chambre.

Je suis sidéré de la voir dans cet état. L'éclairage blanc de la salle de bains est sans pitié. On dirait une femme âgée qui s'est ramassée sur un lit de pierres. Je l'assois sur un tabouret. Je grogne un juron entre mes dents et je l'aide à se défaire de son manteau. Merci, me dit-elle. Je lui réponds attends ne bouge pas. Je lui tends une boîte de mouchoirs tandis qu'elle tire sur son chandail taché de sang.

On a coupé les ponts, déclare-t-elle pendant que je fais couler son bain. C'est fini, je ne le verrai plus.

Ah, eh bien encore heureux, Gaby, tu me rassures. Ces types sont la honte de notre espèce.

Je prends des glaçons dans le minibar, les fourre dans un gant de toilette.

Je la regarde se déshabiller d'une main, embarrassée qu'elle est d'avoir à maintenir la poche de glace contre son œil. Elle se tortille pour que sa jupe glisse, elle retire ses bas un à un, mais elle a besoin de mon aide pour enlever le haut.

Quelque part, je comprends que Patrick rechigne à se séparer d'elle. Une telle femme. Je la considère un bref instant en sous-vêtements et je le comprends très bien. Je me suis souvent demandé ce que je ferais si mes facultés revenaient, si j'oserais l'entreprendre ou non, si ma morale tiendrait le choc. La réponse dépendait des jours et me laissait perplexe.

Elle se tourne pour baisser sa culotte et enjambe le bord de la baignoire. Je l'aide à dégrafer son soutien-gorge, puis je ferme l'eau et je m'éclipse sans plus attendre.

L'aube n'est pas encore levée lorsque je me couche. Sylvia se dresse sur un coude et me demande ce qui se passe. Rien, dis-je, rendors-toi. Ta mère vient d'avoir une explication houleuse avec son petit ami. Je l'ai mise dans son bain. Rendors-toi.

Je ne peux rien avaler en me levant. Le visage tuméfié de Gaby m'a pratiquement empêché de fermer l'œil. Je suis le premier levé et le premier parti. C'est un jour clair, un peu laiteux, le printemps ne doit pas être bien loin. Je passe à ma banque pour retirer de l'argent et je m'installe à une terrasse pour appeler deux ou trois personnes. Soudain, il fait presque beau, je vois mon ombre s'étaler sur le trottoir à côté de moi. Tout en discutant, je regarde passer les gens. Mon esprit est calme mais le feu brûle encore à l'intérieur de moi et chacune de mes respirations l'attise.

L'affaire est rapidement réglée. Satisfait, je rentre pour voir comment elle va et bien que je ne la trouve pas dans une forme exceptionnelle, je ne suis pas inquiet. Elle n'est pas d'humeur à raconter sa vie et je ne lui demande rien. Je repars sans m'éterniser. Je sais ce qu'il en coûte d'être au mauvais endroit au mauvais moment. Je ne tiens pas à faire valoir que je l'avais prévenue, que je voyais d'un mauvais œil sa relation avec ce foutu chien enragé – ce n'est vraiment pas la peine, ça ne vaut pas le coup, sinon à vouloir se prendre un projectile perdu.

De l'avis de Josefa, Gaby devrait porter plainte, mais elle est comme moi, elle n'y croit pas beaucoup, elle a reçu quelques sévères raclées elle aussi mais il n'y avait jamais eu de suite et les salopards courent encore. Les chiffres sont impitoyables, Nathan, soupire-t-elle. Il n'y a pas de quoi être fier.

Ce type écrivait de la mauvaise poésie, voilà tout. Ça explique tout. Enfin bref, je pense qu'on ne va pas voir Gaby durant quelques jours. On va gérer, mais moi je n'ai plus le temps d'écrire des trucs, de faire des enquêtes et tout le bazar, j'ai trop de choses à faire ici, on va être obligé de prendre un rédacteur de plus et c'est pas le moment, Josefa, crois-moi, j'ai croisé ce con de sénateur, l'autre jour, il m'a dit qu'il pourrait bien nous écrabouiller, tu entends ça, c'est le terme qu'il a employé, nous écrabouiller, et je pense qu'il dit la vérité, il faut s'attendre à un sérieux tour de vis.

Écoute, on va bosser, Nathan, on va faire le maximum. Prions pour qu'on n'ait pas d'arrêts maladies, c'est la mode, et pour que le prix de la cellulose arrête de flamber. Gardons les doigts croisés.

En tout cas, soupiré-je, bon, j'ai trouvé le moyen d'avoir mes entrées chez lui plusieurs fois par semaine. Qui plus est, c'est une bonne action. Pour les chiens. Pour leur mental. Qu'ils s'éclatent un peu dans le parc. C'est là que j'ai une chance de le rencontrer seul à seul et de lui parler, de jouer cartes sur table, de tomber les masques. Peut-être que ça ne servira à rien, mais c'est tout ce que j'ai pour le moment. Parfois, on croit que c'est fichu, puis la mayonnaise prend, on finit par avoir quelque chose.

Elle me sourit et me tape amicalement sur l'épaule, puis elle réunit tout le monde et annonce que des temps difficiles sont à prévoir.

Mais des jours meilleurs viendront, poursuit-elle tandis que je reçois un message que je consulte et qui dit Okay ma biche. Je ne peux m'empêcher de sourire. Je connais l'auteur de ces mots depuis au moins vingt ans. Il arrive que nous restions des années entières sans nous parler, mais de forts liens persistent, ils demeurent intacts contre vents et marées. Okay ma biche.

Je relève la tête quand s'achève le discours de Josefa et que chacun regagne son poste en passant par la machine à café. C'est une vieillerie qu'il faudra changer – de même que la photocopieuse qui va bientôt rendre l'âme. Je m'assois un instant. Je me sens plus léger.

Il y a toujours quelque chose qui ne va pas dans cette maison. Cette fois, je reste planté devant la machine à laver. Impuissant, je la considère avec amertume. Des diodes luminescentes défilent à toute vitesse sur son bandeau miroir. Mais Sylvia, lancé-je depuis la buanderie, je ne vais pas m'occuper de ça maintenant.

Je sors d'une journée éreintante. N'étant pas électricien, m'en occuper consisterait donc à tourner les boutons dans toutes les directions, sans but, sans raison, sans succès, mais je n'ai plus la moindre force à consacrer aux aléas domestiques, aussi urgents soient-ils. Je rejoins Sylvia qui attendait mon retour pour filer en ville. Mais tu n'es donc jamais fatiguée, toi, lui dis-je, toujours ce même besoin, cette même énergie, je suis bluffé à mort.

Eh bien merci, ça me donne envie de boire un verre avec toi. Et après j'y vais.

Sans quitter son manteau, légèrement maquillée, elle s'assoit sur l'accoudoir du canapé en croisant les jambes. Elle me gratifie d'un sourire amical lorsque je lui tends son verre.

Il ne l'a pas loupée, déclare-t-elle, la regarder me soulève le cœur. Mais tu as eu le bon réflexe avec la glace, mieux vaut tard que jamais, dans l'ensemble elle n'a pas enflé, enfin pas trop, et son œil reste à demi ouvert. Tu auras du mal, mais tu devrais essayer de l'emmener dans une pharmacie, demain. J'en ai parlé avec elle mais elle m'a envoyée promener.

Je vais aller voir ça, je vais lui tenir un peu compagnie, tu peux partir tranquille. Je mets un mot sur le frigidaire pour appeler un plombier.

Dès qu'elle a claqué la porte, mon regard se pose sur le canapé, puis sur les braises de la cheminée, j'écoute le silence, je dois serrer les dents pour ne pas succomber à la tentation d'en profiter davantage, et je grimpe d'un pas lourd l'escalier qui mène à la chambre de Gaby.

Elle porte de grosses lunettes noires et une voilette. Comment ça va, lui demandé-je.

Écoute, j'ai bien réfléchi, répond-elle d'une voix sourde. Si je dois vendre les terrains pour sauver *L'Éveil*, je le ferai. Sans hésiter. Mais pas à lui. Même s'il m'en proposait le double. Il ne les aura jamais.

Je hoche pensivement la tête.

Si tu ne veux pas en parler, on n'en parle pas, dis-je.

Est-ce que j'ai l'air de vouloir en parler. Non.

Bon. Mais je suis d'accord à propos de Richard Brunevigne. J'adhère complètement.

Et je veux que tu me promettes une chose. C'est de ne pas t'en mêler. Tu ne t'approches pas de Patrick et c'est tout.

Et il va s'en tirer comme ça.

Je ne sais pas. Ça m'est égal. Il n'existe plus pour moi. Il ne restera rien de lui. J'ai eu raison de le lui dire, non. Il voulait que je sois honnête, je l'ai été.

Oui, c'est ce qui me fascine, chez toi. Ton impavidité. Jusque dans ton écriture, c'est un vrai tour de force. Le fond et la forme réunis, la justesse et l'intensité de l'exécution. Certains en deviennent fous de voir ça, la jalousie les consume jour après jour, jusqu'au moment où ils explosent. Mais tu le savais. Toi et ton impavidité. Tu la paies cher, bien sûr, mais c'est le prix de la grâce. Est-ce que maintenant je peux voir ton visage. S'il te plaît. Merci. Et enlever tes lunettes. Merci. Bon, demain, nous passerons à la pharmacie. Je ne te demande pas ton avis. On essaiera de trouver des ananas.

Mais est-ce que tu peux concevoir ça, gémit-elle en serrant les poings sur les accoudoirs de son fauteuil. Qu'on puisse être bornée à ce point. Stupide à ce point. J'ai tellement honte de moi. Mais qu'est-ce qui m'a pris, Nathan. Si je ne sais pas reconnaître un mauvais poète au premier coup d'œil, ça devient grave. Ou bien dis-moi, est-ce que c'est l'âge.

Bien sûr, que veux-tu que ce soit. Que tu saches écrire des poèmes ne t'absout pas de tout.

Après réflexion, elle m'annonce qu'elle venait de se faire couler un bain et qu'il est en train de refroidir. Elle est prête à me céder la place mais je sais que si je prends un bain maintenant, je ne pourrai plus en sortir.

Je secoue la tête, je reste assis. Elle se lève alors et déclare qu'elle y va, dans ce cas, mais que nous pouvons continuer à discuter car elle laisse la porte ouverte.

Je la regarde se déshabiller, elle n'y prête pas attention.

Quand tu me dis que Robert était au courant, je n'y crois pas beaucoup, déclaré-je. Il n'aurait pas accepté de te voir traîner avec un type de cette espèce. Il l'aurait catalogué en trois minutes.

Elle frémit. Robert n'était pas en position de la ramener sur le sujet, réplique-t-elle, pardonne-moi l'expression. Je crois que tu sais de quoi je parle. J'en ai suffisamment souffert. Quand j'ai rencontré Patrick, j'aurais couché avec n'importe qui, je n'en pouvais plus. Les derniers mois de Robert ont été les pires mois de ma vie, je ne m'en suis jamais cachée. S'il n'était pas mort, je crois que je me serais tuée.

Je peux comprendre que des types fassent des trous dans les murs pour voir une femme se déshabiller. C'est comme de contempler la baie de Naples, le billet d'avion en moins. Gaby a de la chance que je ne sois plus l'homme de la situation. J'attends néanmoins qu'elle retire sa culotte. Quand elle se glisse dans la baignoire, elle sort de mon champ de vision. Je lui dis que je l'attends en bas et je redescends

Je suis assez satisfait de la tournure que prennent les choses, ces dernières heures. J'imagine combien elles auraient pu être pires. Gaby semble être vaccinée pour de bon, je peux même lui fournir quelques adresses pour la dépanner si c'est ça l'histoire, mais une chose est sûre, elle y réfléchira désormais à deux fois avant de rejouer la partie. Sans doute fallait-il en passer par là, me dis-je, pour avoir un peu de tranquillité. Je ne parle pas que pour moi. Nous sommes au cœur d'un ouragan, dans la zone de calme. On sent à peine trembler le sol sous nos pieds. Je ne fais pas de commentaires pour éviter d'effrayer les autres, mais je leur dis si vous connaissez une prière, allez-y, c'est le moment.

Lorsque j'ouvre les yeux, elle est debout devant moi et, bras croisés, immobile, silencieuse, elle m'observe. Je ne dormais pas mais j'avais sombré dans mes pensées et je n'étais plus là, de sorte que je sursaute et m'ébroue en me demandant ce qu'elle fabrique. Je te regarde, dit-elle.

Oui, bien sûr. J'ai parfois l'impression qu'elle et Sylvia passent leur temps à m'observer – je ne suis pas aveugle – et qu'elles n'y comprennent rien. J'en ai pris mon parti. Je n'attends pas de miracle. Il m'arrive de ne pas me comprendre moi-même. De ne pas savoir si j'en fais trop ou pas assez.

Je vais pour me lever mais elle m'en empêche et vient s'installer en soupirant à côté de moi. J'examine mes mains que je m'apprêtais à laver.

Écoute, regarde-moi, dit-elle en retirant ses lunettes, mais tu attends quoi, au juste, tu attends quoi de cette vie.

Je me penche en avant, prends appui sur mes cuisses, dodeline.

Ne te soucie pas de ça, finis-je par annoncer. Je m'estime heureux la plupart du temps. Tout ça est librement choisi.

Elle remet ses lunettes puis prend l'une de mes mains entre les siennes et la malaxe. Ce n'est ni très bon ni désagréable, mais difficile à interpréter. Je n'aime pas trop quand nous avons ces moments un peu tendres, je n'ai pas envie de m'avancer trop près du vide. Je commence à regretter de ne pas avoir mis davantage de lumière dans le salon – l'idéal pour somnoler mais contre-indiqué dans le cas présent, nous ne sommes pas à un dîner aux chandelles. Coton émet quelques jappements à nos pieds avant d'exécuter deux ou trois roulades sur le tapis.

Ah, il a faim, dis-je, esquissant un geste pour me lever. Oui, bon, il attendra, se renfrogne-t-elle, nous ne sommes pas à ses ordres.

Elle s'allonge en chien de fusil, la tête sur mes genoux, elle rabat son peignoir sur ses jambes.

Tu leur as dit quoi, au journal, demande-t-elle.

J'ai dit la vérité à Josefa, mais officiellement tu as pris une porte dans la figure. Du chêne massif.

Dehors, une grosse lune couleur jaune d'œuf s'élève au-dessus des bois qui hérissent les collines noires avoisinantes. Je ne sais pas ce que nous attendons pour nous redresser, pour profiter de l'espace et nous interroger tranquillement, pour la millième fois peut-être, sur ce que nous allons trouver à manger ou à boire ou à faire. Pourquoi compliquer les choses, pourquoi vouloir sortir des rails, s'écarter des sentiers battus quand tout marche bien. Car imaginons un instant que je la serre dans mes bras et l'embrasse à pleine bouche, qui pourrait sortir gagnant d'une telle bévue. Combien sont-ils, tous ces damnés dont une funeste erreur a bousillé la vie jusqu'à la fin. Des régiments entiers.

D'un même mouvement, assez fluide, je retire ma main des siennes, libère ma cuisse en glissant un coussin à la place, suis déjà presque debout, et fais un pas en arrière avant qu'elle ait eu le temps de faire ouf. C'est le mieux, c'est le mieux, c'est mieux pour tout le monde, c'est mieux comme ça, Nathan, mon vieux, psalmodié-je *in petto* en m'éloignant d'un pas incertain vers la cuisine, l'appétit coupé.

Je reviens vers elle avec un paquet de coquillettes dans une main et une bouteille de gin dans l'autre. Elle me répond d'une mine un peu maussade que les deux lui vont.

Je m'affaire aussitôt en silence, hésitant sur la conduite à tenir tandis que l'eau bout. L'ambiance est un peu lourde. Je pense qu'elle a des doutes ou du moins quelques vagues interrogations concernant ma vie sexuelle, mais nous n'en avons jamais parlé. Elle est certes au courant de la vasectomie qui a foiré et des complications engendrées, mais elle vivait alors, de son côté, dans un tel état de conflit permanent avec Robert, qu'elle avait d'autres sujets de préoccupation en tête que son gendre et ses soucis d'érection – d'autant que nous étions convenus, Sylvia et moi, de n'en parler à personne, de garder cette abomination pour nous. Ce n'était pas la vérole, mais ça ne valait guère mieux.

Je suis repoussante, non.

Pas exactement, non.

Elle s'est employée à tisonner le feu cependant que je m'affairais à la cuisine, mais elle recule à présent car ses joues la brûlent. L'image de Patrick me traverse l'esprit un instant. À la lueur des flammes, mon gin prend la couleur du sang. Je lui sers le sien et nous restons debout, côte à côte, face aux rougeoiements de l'âtre, puis j'étends mon bras dans son dos et je la tiens contre mon épaule.

Je ne suis pas de la première fraîcheur, de toute façon.

Je connais le regard des types qui viennent t'écouter. Et celui d'un paquet de jeunes femmes, aussi. Tu n'avais qu'à te baisser pour faire ton choix, mais non, tu ramènes ce gars. Enfin, bref.

Parfois, une bûche siffle comme une fusée. J'en profite pour me baisser et relacer ma chaussure.

J'ai détesté Robert durant les derniers mois de sa vie, lâche-t-elle d'une voix sourde, j'ai même souhaité sa mort, ouvertement. Je me suis fichue de celui qui prendrait sa place. Et Patrick était pressant, c'est tout ce que je peux dire. Je sais ce que tu penses mais ça m'est égal.

Ça change quoi, ce que j'en pense, marmonné-je en évitant de lever les yeux sur elle. Je n'ai pas envie de te juger, je n'en vois pas l'utilité.

Je sens sa main qui frôle ma nuque. Coton nous rejoint. Je me relève pour servir les coquillettes.

Écoute, me dit-elle en secouant résolument la tête, nos rapports sont complètement dingues. Tu ne trouves pas.

En tout cas, ils ne sont pas nouveaux.

Non, bien sûr que non, mais ils prennent une acuité étrange, depuis quelque temps. Tu n'as pas ce sentiment.

Ils ont toujours été au beau fixe, Gaby. Comme maintenant. Rien n'a changé.

Si, justement, mais ne me demande pas de détails. Tu le sens ou tu ne le sens pas. Écoute, Nathan, je vais te faire une confidence. Je ne sais pas dans quelle case te mettre, je me demande si nous ne sommes pas trop proches.

Tu te poses de drôles de questions, quand même. Ça ne te suffit pas que je sois là et que tu sois là et que le monde ne se soit pas encore écroulé, tu as besoin de te demander pourquoi. Mais c'est du vice, ma parole.

Non, je suis sérieuse. Mais il est vrai que les femmes sentent ce genre de choses plus vite, ce n'est pas moi qui l'ai inventé.

C'est l'histoire de ce fameux coup d'avance qui est d'une injustice absolue, j'en ai entendu parler.

Détendre l'atmosphère n'est pas chose facile avec elle. Ses lèvres gonflées l'empêchent de sourire.

Une semaine plus tard, on apprend la mort de Patrick. J'en tombe à la renverse. J'appelle Gaby, je l'entends qui se mord les lèvres. Puis Sylvia qui s'en fiche totalement. Je lève les yeux sur Josefa qui me demande ce qui se passe. Rien, lui dis-je, un type qu'on connaissait est mort, mais ça va, ce n'était pas un proche, c'était surtout Gaby qui le connaissait. Le gars s'est pendu.

Tu veux parler du poète, demande-t-elle.

Tout juste. La dépêche vient de tomber.

Tu parles de celui avec lequel tu t'es fritté.

Celui-là même. Ce connard. Celui qui a été l'amant de Gaby pendant des mois. Celui qui vient de lever la main sur elle. Voilà, tu sais tout. Je pense que sa cote va monter.

Je passe une commande de riz cantonnais et je rentre tandis que le soir tombe. On voit que le jour résiste de mieux en mieux, qu'il étend patiemment son voile doré sur les crêtes. Le livreur fait demi-tour quand j'arrive. Il me dit qu'il a mis le riz sur mon compte. Je lui réponds c'est parfait, salue ton père pour moi. Il repart en trombe sur sa Kawa Z900, dans un boucan d'enfer.

J'attends que le silence retombe avant d'entrer. Je perçois alors comme un froissement d'ailes, un souffle, je tourne la tête mais je ne vois rien. Ah, saloperie, montre-toi, glapis-je, exaspéré.

Je n'obtiens pas de réponse. Je laisse tomber.

J'entre, j'accroche mon blouson dans l'entrée. Gaby a transféré le riz dans un plat et l'enfourne pour le maintenir au chaud. M'avisant, elle se fige.

Nathan, c'est moi, c'est ma faute, se morigène-t-elle.

Je la fixe un instant, puis j'applaudis.

Et voilà. Bravo. J'ai pensé que tu pourrais me sortir ça, puis je me suis dit non, quand même pas, elle n'est pas si bête. Tu me fais de la peine, tu sais.

Je n'attends pas sa réaction et passe derrière elle pour me servir un verre. J'en sers deux, pendant que j'y suis.

Chacun fait ce qu'il veut, déclaré-je dans son dos, mais si j'étais à ta place, je crois que je ne me chercherais pas davantage de poux dans la tête, je crois que j'accepterais ce coup du sort inattendu. Je crois que j'aurais moins mal.

L'arrivée de Sylvia donne l'impression qu'une rafale de vent tourbillonnant s'engouffre par la porte et emporte tout le bazar dans une ronde infernale.

Je l'ai laissée à l'entrée du chemin. Cette fois elle est morte, peste-t-elle en occupant tout le salon d'un coup. Et alors, c'est quoi, cette histoire. Incroyable. C'est la Justice Divine ou quoi. Ils s'amusent bien, là-haut.

Elle se débarrasse de son manteau et se dirige en frissonnant vers la cheminée.

Je veux dire, on ne va pas pleurer, conclut-elle en se frictionnant les mains devant le feu.

Je me garde bien d'abonder dans son sens, mais elle résume à peu près mon état d'esprit – j'appréhende néanmoins l'inévitable séquence où elles me pousseront à choisir mon camp.

Désabusé par avance, je me tourne vers la fenêtre et jette un vague regard dehors.

Sylvia, ta voiture, indiqué-je aimablement. De la fumée sort du capot.

Oh, shit, lâche-t-elle en bondissant comme une averse de printemps, à la fois subite et brutale.

De mon côté, en cavalant derrière elle, j'attrape l'extincteur qui sert à quelque chose pour une fois et nous nous précipitons vers sa Coccinelle qui disparaît dans un nuage de fumée aussi dense que de la crème fleurette. Je tire mon écharpe sur mon nez et commence à arroser la voiture de neige carbonique tandis que Sylvia hurle après cette fichue bagnole qui peut bien finir par rendre l'âme, quant à elle.

Une fois l'incendie éteint, Sylvia continue de maugréer tandis que nous retournons sur nos pas.

Et sinon ça va, elle le prend bien, demande-t-elle.

Ça va. Elle culpabilise, elle se croit responsable, mais elle est solide. C'est une tragédienne. Laissons-la digérer ce petit choc et dans quelques jours il n'y paraîtra plus. J'ai hâte qu'elle sorte de cette histoire, qu'elle oublie pour de bon.

La destruction de la Coccinelle alimente opportunément la conversation tandis que nous partageons le riz cantonnais. J'observe Gaby du coin de l'œil et je l'interpelle lorsque son regard devient vague, je la ramène ainsi parmi nous.

J'effectue une sortie rapide pour aller chercher quelques bûches et l'air empeste encore le plastique fondu, la ferraille, le caoutchouc brûlé. Je remarque d'ailleurs un léger voile immobile au-dessus de la carcasse calcinée. J'embarque un peu de bois, je fais demi-tour et, en passant devant la fenêtre, j'aperçois la mère et la fille enlacées dans le salon et je me jette dans l'ombre, j'attends que ce soit fini. Les bûches commencent à peser sur mes biceps. Dommage que cette puanteur persiste et gâche un peu mon plaisir.

Je range le bois sous la cheminée en affichant un air détaché. Elles sont encore dans la tiédeur et le goût étrange de leur étreinte – je vois bien qu'elles en sont encore surprises toutes les deux – et ne prêtent guère attention à moi. Je m'époussette de débris d'écorce qui étincellent sur les braises et je me sers un verre. Sylvia sort un stick d'herbe de son sac. Gaby cherche un fauteuil puis demande qui veut boire chaud et nous hochons la tête. Le Grand Poète est sonné. Je l'adore. Je la connais assez pour savoir ce qu'elle éprouve à cet instant, ce choc après l'accès d'affection partagé avec sa fille. Pas son genre. Se caparaçonner reste la seule option lorsqu'on est à fleur de peau par nature. Mais ce n'est pas fiable à cent pour cent.

Je doute même que les liens du sang résistent à l'orage qui enfle à l'horizon.

Si rien ne met un frein aux appétits de Richard Brunevigne, il va nous écrabouiller, comme il dit, et forcer Gaby à vendre les terrains.

Quoi qu'il en soit, et ce n'était pas joué, nous passons une soirée agréable. Je les ai toutes les deux pour moi seul. Je pense que dans une société idéale un homme devrait épouser une femme et sa fille, les deux, la paire, quoi. Ça ne les fait pas rire, quand je dis ça.

Ah, t'es avec cette histoire, toujours, hein, glousse Rodolphe dans son fauteuil roulant.

Tout est lié, opiné-je. La randonneuse, les Brunevigne. Ça m'obsède. Et tu l'avais senti.

Qui ça.

Toi. Je parle de toi. Souviens-toi, tu m'as dit il y a anguille sous roche et tu avais raison.

Oui, bien sûr, je connais ces gens, tu sais. Je suis né ici. C'est des pervers ces gens-là, faut se méfier d'eux.

Mireille nous a placés sur l'étroit balcon afin que Rodolphe profite d'un rayon de soleil avec une couverture sur les genoux. Il cligne les yeux puis se penche vers moi.

Robert pouvait pas les blairer, me confie-t-il en baissant la voix. Robert, tu vois qui c'est.

C'était mon beau-père.

Non, mais tu te fiches de moi, se rembrunit-il soudain.

Non, je suis sérieux. Mireille peut te le confirmer.

J'ai pas besoin de Mireille pour savoir ce que j'ai à faire, marmonne-t-il. Fourre-toi bien ça dans le crâne, mon petit pote.

Quand je sors, Mireille me salue à peine. Je resterai, jusqu'à la fin de ses jours, ou des miens, celui qui a œuvré dans l'ombre pour écarter Rodolphe et prendre sa place. Mes visites, néanmoins, ont fini par l'amadouer quelque peu. Et peut-être commence-t-elle à se rendre compte que son mari est tout à fait incapable de diriger une rédaction à présent, mais que nous le regrettons tous. Ils formaient un sacré duo de choc avec Robert. Sans ciller, ils avaient tenu tous ces chiens enragés en respect. À présent, ils n'étaient plus là tous les deux. Les chiens enragés, si.

Je croise le principal d'entre eux quelques jours plus tard, dans son parc, en peignoir de bain à rayures, avec sa canne et son attelle au pied. Pour l'heure, je réponds à un appel en urgence de Barbara Brunevigne. J'en souris encore. J'ai recoiffé Coton d'un coup de brosse et l'ai mentalement préparé, je lui ai dit n'aie pas peur, ça va bien se passer.

Je salue le sénateur d'un discret signe de tête. Coton attend sagement à mes pieds. Richard Brunevigne me dit asseyons-nous, Barbara arrive. Je prends place tandis qu'il peine sur chacune des quelques marches du perron. Il semblerait que ce soit toujours douloureux, observé-je.

Sans me répondre, il s'assoit en grimaçant et se penche sur Coton. Alors, c'est toi le petit voyou, lui déclare-t-il, c'est toi le petit malin qui va empocher le gros lot.

Puis il lève les yeux sur moi. Le ton ne sera plus le même. Je vais vous dire ce qu'il va se passer, siffle-t-il tel un serpent levé du pied gauche, je vais vous éclairer maintenant que votre patronne a refusé notre dernière offre. Je veux que vous compreniez. N'allez surtout pas croire que je n'en fais pas une affaire personnelle, c'est tout le contraire, j'en fais avant tout une affaire personnelle. Avant tout, vous me suivez. Et votre problème, il est là. Aucune chance de me raisonner. Je ne bougerai pas. Je veux la faire plier, ça ne se commande pas, il y a longtemps qu'elle et son mari m'emmerdent. À la fin, elle viendra pleurer, elle viendra me supplier, je vous en fiche mon billet.

Je ne sourcille pas. Je le regarde. Je crois que j'ai compris.

Je l'abandonne à ses aigreurs et m'éloigne de quelques pas. Je lui tourne le dos.

C'est une journée timide, avec un ciel blanc et bleu, immobile. Je ramasse une balle et je la lance à Coton qui démarre comme une flèche.

Allez pas le fatiguer, ricane le sénateur derrière moi.

Il a raison. Je reprends la balle et je la lance aussi loin que je peux.

Cette fois, Richard éclate d'un rire gras dans mon dos.

Barbara fait alors son apparition. Elle s'avance vers moi, tout sourire, les bras grands ouverts. Mon sauveur, déclare-t-elle. Puis elle se penche sur Coton et lui dit et toi, mon grand, tu es magnifique. Ta petite amie t'attend, tu sais.

Elle échange quelques mots avec son mari puis revient vers moi.

Eh bien, bonne chance, *compañero*, me glisse-t-il en passant.

Hasta la vista, baby, réponds-je.

Barbara me conduit à la porte d'un petit pavillon couvert de lierre, flanqué de camélias en boutons, attenant à la maison de maître. Elle nous fait entrer, Coton et moi, en m'expliquant que Géraldine en est à son douzième jour et que le temps presse.

C'est tout à votre honneur d'avoir accepté sans hésiter, soyez-en chaudement remercié, Nathan, sans vous j'étais larguée. Figurez-vous que le partenaire de Géraldine vient de se fracturer le pénis. Je ne savais même pas que cela pouvait arriver. J'ai cru qu'il s'agissait d'une farce. On entend tellement de conneries aujourd'hui, c'est épouvantable.

Elle me précède à l'intérieur d'une pièce assez grande, séparée par une barrière vitrée, et devant celle-ci des canapés, des fauteuils, au mur une télé, des fleurs, des magazines, une machine à café. De l'autre côté, tout à fait sympathique aussi, l'espace nuptial pour les deux tourtereaux, avec une variété de croquettes et des jouets pour animaux domestiques des deux sexes.

Géraldine est déjà sur place, qui sautille et se trémousse. Pour sa part, Coton frétille. S'ils pouvaient, ils se jetteraient dans les bras l'un de l'autre. Je dépose Coton de l'autre côté de la barrière et je suis censé lui parler et lui gratter la tête pour l'aider à évacuer le stress, mais à peine a-t-il touché le sol qu'il me file entre les mains et galope à la rencontre de Géraldine.

À première vue, il n'est pas stressé, se réjouit Barbara en réponse à mon signe d'impuissance. Regardez-les, truffe contre truffe. C'est très encourageant. Si tout se passe bien, vous serez vite libéré.

Il n'y a pas de raison, dis-je.

Elle me propose un café. J'accepte. J'en profite pour m'installer sur le canapé tourné vers la séparation vitrée au travers de laquelle je peux suivre en direct, dans les meilleures conditions du monde, les suites de l'aventure sentimentale qui semble éclore entre Géraldine et Coton.

Ils se chamaillent un peu, déclare Barbara en me rejoignant, mais c'est normal. Coton est très entreprenant et Géraldine a son caractère.

Comme je ne réagis pas, elle ajoute, en battant des cils, ça ne vous inspire pas plus que ça.

On a l'impression qu'elle ne sait pas trop ce qu'elle veut, dis-je.

Non, là vous vous trompez. Là, vous dévissez complètement. Elle sait très bien ce qu'elle veut. Mais avant tout, me dit-elle, je vous en prie, Nathan, acceptez mes excuses. Pour Richard. Pour son comportement, son animosité envers vous. C'est d'une grossièreté, je trouve. Quelles qu'en soient les raisons.

Ne vous inquiétez pas pour ça, ne mélangeons pas tout. Hé, mais dites-moi, les choses se précisent de l'autre côté.

En effet, Coton commence à tourner autour de Géraldine, à s'impatienter, il cherche une ouverture et le rythme s'accélère.

Non, répond-elle en baissant la voix, ce n'est pas encore ça mais on s'en approche.

À ces mots, elle tape sur les touches de son portable et l'éclairage se tamise. Puis la lumière du jour disparaît à mesure que descendent des rideaux opaques devant les fenêtres. En fond sonore on peut entendre quelques soyeux pépiements d'oiseaux.

On essaie de leur fournir le maximum de calme, de tranquillité, m'explique Barbara à voix basse. Ça nous donne les plus belles portées. Nous-mêmes, nous ne savons plus ce que c'est. C'est affreux. Oh, vous savez, parfois j'en ai vraiment assez de cette vie. Les mondanités, les réceptions, les affaires, la marche du monde, *et caetera*, ça n'en finit jamais, c'est épuisant, c'est chiant, quoi. Au fil des années, on ne s'appartient plus. Vous savez, depuis quelque temps, j'envoie tout promener, je ne veux plus me forcer.

Il m'arrive de m'asseoir au soleil, quelquefois, et de n'avoir aucun désir précis, déclaré-je au moment où Coton est renvoyé dans les cordes à la suite d'une tentative infructueuse. Il est mouché. Je glisse un coup d'œil à Barbara mais elle considère Coton avec un amusement attendri. À cet égard, personne n'aurait pu imaginer qu'il existait un peu de douceur chez cette femme – mais qu'elle la réservait aux animaux, c'est entendu.

Allons, détendez-vous, me dit-elle en souriant, ils sont encore en train de jouer. Je trouve ça formidable. Je tiens bon grâce à eux, vous savez. C'est mon jardin secret.

Il en faut, Barbara. C'est dans tous les manuels de survie. Règle numéro un. Avoir un jardin secret.

Dehors, il doit être aux environs de midi mais à l'intérieur c'est une lumière de tombée du soir, avenante, la plus adaptée, la plus propice paraît-il pour ces rencontres selon un sondage effectué auprès des membres du club. Je ne sais pas si cette lumière en est la cause, mais effectivement, Coton ne se le tient pas pour dit, il se remet sur ses pattes et la partie reprend.

Certaines personnes veulent rester jusqu'au bout, m'informe Barbara. D'autres me tendent la laisse et partent en courant. Les personnes normales s'en vont après un moment. Ça n'a rien de très excitant, vous savez. En revanche, je pourrais vous montrer mes seins. Que vous sachiez au moins s'ils vous plaisent. Après ça sera trop tard.

J'acquiesce. Allez-y, lui dis-je. Faites voir.

Je garde un œil sur les deux chiens cependant qu'elle déboutonne son corsage. Il me semble que les efforts de Coton sont sur le point d'aboutir. Elle défait son soutien-gorge et me met sa poitrine sous le nez – du moins la tient-elle à courte distance. Je me désintéresse alors du reste et me concentre sur les seins de Barbara. J'ai très envie de les toucher, mais je me retiens. Après ça sera trop tard.

Coton ne souffre pas de ces atermoiements. Car tandis que je croise mes bras et coince mes mains sous mes aisselles, il s'engage dans la dernière ligne droite. Je ne le vois pas car les seins de Barbara retiennent toute mon attention depuis qu'elle les a sortis, mais elle se charge de m'avertir, en poussant une vive exclamation, que Coton est à la manœuvre.

Un instant, je suis envahi d'une profonde mélancolie.

Allons prendre l'air, lance-t-elle gaiement en glissant son bras sous le mien pour m'entraîner dehors. Laissons-les tranquilles un moment.

Je cligne des yeux dans l'aveuglante lumière d'une éclaircie, ne sachant plus très bien où nous en sommes. Nous nous asseyons à l'écart, sur un banc de pierre ouvragé. Elle semble ravie.

Alors, me demande-t-elle, vous en pensez quoi.

Bien. C'était bien. Je suis heureux d'avoir pu vous rendre service.

Je ne parlais pas de ça.

Je m'autorise quelques secondes d'hésitation avant de lui répondre en plissant les yeux.

Vous voulez que je dise quoi, Barbara. Qu'ils étaient au poil. Que j'aurais aimé les téter. Que j'aurais voulu les emporter dans une forêt sombre et les tripoter jusqu'au petit matin. Vous ne l'aviez pas remarqué, peut-être.

Elle détourne la tête. Il y a un bassin non loin avec des colverts qui vont et viennent, Barbara les observe en silence et se touche le menton.

Ne vous méprenez pas sur moi, finit-elle par déclarer. Vous ne me connaissez pas. Vous pensez que je ferais tout ce cirque simplement pour baiser avec un homme. Vous êtes malade. Je ne suis pas en manque, vous savez.

Écoutez, loin de moi cette pensée. Je vous remercie pour le spectacle que vous m'avez offert. Vous m'avez ému, c'est tout le mal que je peux dire de vous. Est-ce que ça vous va.

Je sens quelque chose avec vous, c'est tout. Je ne sais pas ce qui m'a pris de faire une chose pareille, je n'ai pas d'explication. Ce n'est pas rassurant, n'est-ce pas.

Bien entendu. Mais ce qui fait le malheur des uns, vous connaissez la suite.

Alors ça vous va. Vous trouvez. Dites-moi, c'est juste pour savoir.

Bon, alors autant que je me jette à l'eau, Barbara, j'en ai rarement vu d'aussi beaux.

Quand je lui raconte l'histoire, Sylvia éclate de rire et tombe à la renverse sur le canapé.

Tu ne lui as pas dit ça, lâche-t-elle en écarquillant les yeux

Bien sûr que je lui ai dit ça et je t'assure que j'ai vu ses joues rosir. Je ne lui ai pas menti, j'ai failli tendre une main tremblante vers eux.

Merci. Passe-moi les détails.

Il n'y a pas de détails. J'ai récupéré Coton et je suis allé bosser. Il dort depuis que nous sommes rentrés. Je l'ai mis au pied de mon lit pour ce soir.

Elle pose sur moi un regard à la fois tendre et navré. Barbara est plus ou moins bipolaire, tu le sais. Fais attention.

Le soir tombe et ils sont encore en train de filmer Gaby dans son cabanon. Elle vient de recevoir un prix dans un pays lointain qui met la poésie au premier plan. Ils ont de la chance, là-bas. Au moins, dans cette branche, ils savent faire les bons choix. D'ailleurs, Gaby a eu chaud aux fesses, les autres prétendants étaient excellents. Je ne comprends pas, chez nous, en dehors de quelques auteurs indispensables, ce goût immodéré pour le roman. Qui serait plutôt de la merde en barre, en comparaison. Nonobstant, on a les écrivains qu'on mérite.

C'est pour cette raison que je l'aime bien, reprend Sylvia. C'est l'avantage d'être bipolaire. Ça laisse le choix. Elle est à la fois imbuvable et touchante. Richard, j'aime moins.

Heureusement, je suis rassuré. Tu m'as mis en garde contre elle, moi je te mets en garde contre lui. Heureusement que tu l'apprécies moins. Tu es sur la bonne voie..

Elle a une serviette-éponge enrubannée autour de la tête car elle s'est fait un henné. Elle a envie de reprendre une Coccinelle, elle a de la suite dans les idées. Nous attendons Gaby en mangeant des chips au poivre et du gingembre confit.

Je suppose que vous n'en parlez jamais, dis-je.

De quoi.

Tu sais, de quoi. Nous sommes en guerre contre lui, il va nous couler.

Ben non, il n'en parle pas. Et Barbara ne veut pas entendre un mot sur le sujet. Je n'insiste pas.

En tout cas, tu as de drôles d'amis.

Je préfère que tu dises que j'ai de drôles de connaissances. Ce ne sont pas mes amis, ils font juste partie du décor. Il en faut bien. On mange au restaurant, on se croise de temps en temps, ils aiment sortir le soir, c'est tout. On est toute une bande, on se connaît sans se connaître. Personne ne va chercher plus loin. Je m'entends bien avec Barbara, mais c'est tout.

Elle ne vaut pas mieux que lui, permets-moi de te le dire.

On se partage les dernières chips quand Gaby nous tombe soudain sur le dos et nous annonce d'un air sombre que Patrick ne s'est pas suicidé mais qu'il était déjà mort quand on l'a pendu.

Mais qu'est-ce que c'est que cette histoire de dingue, ricané-je.

Les types de la télé viennent de l'apprendre, soupire-t-elle, on n'en sait pas plus.

Ça change quoi, s'étonne Sylvia. On s'en fout, non.

On entend des chiens aboyer au loin. Coton dresse l'oreille.

Je suis d'accord, dis-je. Qu'est-ce que ces conneries peuvent bien nous faire.

C'est tout de même étrange, marmonne Gaby, tandis que je sers des boissons. Nous sommes en plein roman policier, là.

Il a eu ce qu'il méritait, déclaré-je en distribuant les gin tonics, c'est tout ce qui compte. Il faut arrêter de plaindre les connards.

Après le départ de l'équipe télé, Sylvia s'empresse de raconter que Barbara Brunevigne m'a montré ses seins, de but en blanc. Je ne sais pas ce qu'il y a de si drôle mais ça les fait rire.

Elles me charrient, elles plaisantent, elles auraient donné cher pour assister à la scène. Je ne sais pas ce qui les agite et colore leurs joues. Elles en veulent tout de même un peu à Barbara d'avoir eu cette audace, non, c'est facile à deviner.

Gaby nous quitte assez vite car elle est morte, elle se penche vers moi avant de monter à sa chambre, elle me cligne de l'œil et me glisse d'une voix suave bonne nuit Nathan, fais de beaux rêves, puis elle s'éloigne en riant.

On est méchantes, déclare Sylvia quand Gaby a disparu.

Je la rassure. De temps en temps, dis-je, une pointe de méchanceté, pourquoi pas. Ça fortifie l'esprit. Prends le piment. C'est une question de dosage.

Elles m'amusent ces grandes bourgeoises délurées, un peu sur le retour, reprend Sylvia. De vraies salopes, en général. Mais elles ont du caractère, elles n'ont plus froid aux yeux. Parfois, je suis assez admirative. Elles y vont franco, je trouve. Moi, ça me plaît. Elles envoient.

Je suis plutôt largement de son avis. J'en suis venu à ce constat sur le tard. Je pense que si j'étais libéré, demain, du mal qui m'accable, je ne me jetterais pas sur la première jeunesse venue. J'aurais mieux à faire avec les bourgeoises sur le retour, comme Barbara, par exemple, quitte à passer pour un tordu.

Petite parenthèse, ajoute Sylvia, tandis que nous grillons des cubes de guimauve devant le feu, Nathan, sans vouloir m'étendre, si ça doit aller loin avec elle, on ne sait jamais, je t'ai montré quelques trucs. Je t'ai briefé. Ça fera illusion un moment. Surtout si elle n'est pas obnubilée par la pénétration.

Ça, je ne sais pas. Mais c'est l'impression que j'ai. Une quasi-certitude.

Tu as cette impression-là, toi, déclare-t-elle d'un air stupéfait. Tu peux savoir si une femme est obnubilée ou non par la pénétration, tu te fous de moi. Juste comme ça, en la regardant. Ouababa.

Il n'y a pas que les femmes qui ont des antennes, rétorqué-je. Bon, quoi qu'il en soit, nous n'en sommes pas là. Je me suis déjà sorti de situations plus délicates. Merci pour tes conseils, en tout cas. Je n'en aurai sans doute pas besoin car je ne suis pas sûr que ce soit une bonne idée. Trop d'intrications, tu vois. Et puis montrer ses seins est une chose, baiser en est une autre, il y a loin de la coupe aux lèvres. Je ne vais pas me pointer sous son balcon avec une échelle de corde, si tu me suis. J'ai d'autres problèmes à régler pour le moment. Avec les mêmes, d'ailleurs. Et mélanger le sexe et les affaires, putain, que Dieu m'en garde.

Je me ressers un verre en ignorant le regard réprobateur de Sylvia. Elle n'est pas à ma place. Elle dort bien. Pendant qu'elle se couche, j'enfile un sweat et je fais quelques pas dans le jardin. La pluie s'est arrêtée deux jours plus tôt et la nuit brille à nouveau d'un noir profond. La végétation pousse, les bourgeons pointent. Le vaisseau tangue un peu mais le matelot est toujours sur le pont. L'air est doux. J'ai cette fichue capuche rabattue sur le nez, de sorte que je ne vois rien arriver. Je subis le choc et valdingue dans les buissons et je n'ai pas repris mon souffle que mon assaillant bondit sur moi.

C'est alors une mêlée brutale qui s'engage, je me débats comme un beau diable, je balance mes poings et mes pieds à l'aveuglette afin de repousser l'étrange et répugnante créature qui m'a pris pour cible. Son contact est nauséeux. Les coups pleuvent de part et d'autre. C'est spectaculaire, brouillon, mais pas vraiment douloureux, juste cuisant. Cette créature. Je ne l'aperçois que par éclairs, par fragments. Elle est d'un rouge orangé nervuré, sa peau luisante est molle comme du cuir fin, tendineuse au toucher. Je crois qu'elle a des ailes, repliées dans son dos. Je me débats toujours, elle me griffe. Je braille. Je la frappe, je lui flanque mes pieds dans l'abdomen, je couine, je me déchaîne, jusqu'à ce que j'entende Sylvia hurler dans mes oreilles. J'ouvre les yeux, elle me crie d'arrêter. J'arrête. J'ai atterri dans un buisson d'épineux, ou un cognassier du Japon, je ne sais plus, je suis scarifié de partout. Je pousse un grognement. Elle m'aide à me relever.

Nathan, je le crois pas, tu m'as fait une de ces peurs à hurler comme ça.

Je vois, mais j'ai cru que j'allais rester prisonnier de ce truc toute la nuit, un vrai champ de barbelés. Je pense que j'ai fait une crise d'angoisse, mais ça va, hein, c'est passé.

Tu es surtout complètement ivre. Tu peux m'expliquer ce que tu fabriquais dans ce buisson à trois heures du matin.

Non, pas du tout. Je veux dire je ne suis pas ivre. Je courais avec Coton et je me suis pris les pieds dans le tuyau d'arrosage, j'ai valsé direct. Un sacré vol plané. Plus je gigotais, plus je m'enfonçais. Je suis couvert d'éraflures. J'espère que je suis à jour avec mes rappels de vaccins.

Je me passe une main dans les cheveux pour me recoiffer vaguement en jetant un rapide coup d'œil alentour.

Rentre donc te coucher, me dit-elle, tu as suffisamment pris l'air pour cette nuit.

Elle est en pyjama. Qu'elle tient serré contre sa gorge. Elle plisse un peu les yeux dans l'air frais. Elle sourit presque. Incroyable comme parfois je suis touché par la beauté profonde, farouche de Sylvia. Je lui dis okay, mais je vais rester encore un peu. Il ne devrait plus rien m'arriver de grave. Prends Coton avec toi.

J'ai dû réveiller Gaby avec mes glapissements. Il y a de la lumière dans son cabanon. Je me frotte un œil.

J'étais dans le noir, me dit-elle, je réfléchissais. Puis je t'entends hurler, tout à coup. Je me lève et je t'aperçois en train de te débattre dans un bosquet.

Impossible de m'en dépêtrer, j'étais couvert d'aiguilles, d'épines. Je ne comprends pas qu'on plante des trucs pareils.

J'allais sortir quand j'ai vu Sylvia arriver, poursuit-elle. J'ai fait marche arrière. J'ai allumé. On croirait que tu t'es battu avec un chat. Et ce tuyau, il faut l'enrouler, on ne le laisse pas traîner dans l'herbe.

Elle m'assoit sur un haut tabouret pour m'approcher de la lumière et chausse une paire de lunettes. J'ai un cil retourné.

Ne bouge pas, me dit-elle.

Je me tiens droit, les mains dans le dos.. J'aimerais le frotter une dernière fois, déclaré-je.

Ne parle pas, dit-elle.

Elle va pour tirer sur ma paupière quand je sens son pubis appuyer contre mon genou. Regarde en l'air, ajoute-t-elle.

Ça me pique déjà, lâché-je en enfreignant ses directives, je sens que je vais bientôt pleurer.

Ne te retiens pas, suggère-t-elle, mais ne dis plus rien.

C'est un doux enchaînement, pression/décompression qu'elle applique à l'exercice tandis qu'elle libère mes cils un à un. C'est la première fois qu'elle fait ça. Avec moi, j'entends. Et je ne parle pas de mes cils. Je pense qu'elle a besoin de se libérer de la tension accumulée avec ce prix et c'est une chance que la masturbation soit de ce monde – il y a longtemps, sinon, qu'il aurait volé en éclats.

Dans un élan de solidarité, j'accepte qu'elle s'occupe de quelques égratignures sur mes joues d'autant qu'elle a des compresses et de l'antiseptique à portée de main, sur l'étagère, et qu'elle s'en empare sans interrompre une seconde son balancement indolent qu'incidemment nous passons sous silence. Nous regardons ailleurs. Déglutir commence à devenir compliqué.

Elle ne se gêne pas avec moi, et j'en suis heureux, bêtement. Je pourrais me demander si j'y suis pour quelque chose, moi, Nathan, ou si elle pourrait obtenir l'équivalent avec n'importe qui d'autre, mais j'ai peur d'entendre la réponse. Un genou est un genou, *a priori*.

Au bout d'un moment elle s'écarte de moi et m'annonce en souriant voilà, monsieur, c'est fini.

Mon coiffeur me dit la même chose, avec le même sourire, avant que je m'éjecte de mon siège pour passer à la caisse.

Je l'attends dehors pendant qu'elle ferme le cabanon. Je titube encore un peu, mais rien de bien méchant. Quelle journée, s'exclame-t-elle, suspendue à mon bras, tandis que nous traversons le jardin. Ce ne sera bientôt plus la peine d'aller se coucher. Tu as vu l'heure. En tout cas, l'air sent bon. J'ai peur que tout ça ne disparaisse.

Je ne trouve rien pour te rassurer, soupiré-je en entrant derrière elle. Je ne vais pas te mentir au moment où ça pète de partout. Je ne suis pas sûr que l'humanité mérite d'être sauvée. Ça dépend des jours, et encore.

Elle ne dit rien et accroche son manteau. J'accroche le mien. Elle s'arrête au bas de l'escalier et se retourne.

Nathan, quelque chose ne va pas, demande-t-elle avant de regagner sa chambre.

Aller mieux serait impossible, dis-je.

Tu es incroyable, déclare-t-elle en secouant la tête.

Non, c'est vous qui l'êtes. Sylvia et toi.

Elle regarde ses pieds. Puis elle dit Bonne nuit, Nathan, quelle journée étrange, n'est-ce pas.

Je lève une main, en retour, en guise de réponse, tandis qu'elle monte à l'étage. En fait, je suis pétrifié.

Richard Brunevigne m'appelle. Ce brave homme a besoin de mon aide. Plus précisément celle de Coton. Il semblerait bien que le coton de Tuléar soit le sésame absolu pour mettre un pied chez les Brunevigne. Comme c'est drôle. Moi qui m'étais dressé contre l'arrivée de ce fidèle compagnon. Combien de services ne m'a-t-il pas déjà rendus et combien de réconfort ne m'a-t-il pas apporté dans mon infinie solitude. Je l'ai rapidement briefé. Un de tes congénères s'est échappé de chez les Brunevigne, lui dis-je, et ils pensent que tu es le seul à pouvoir le retrouver. Voilà, mon gars. Alors on y va.

Il aime faire de la voiture avec moi. Il s'assoit à l'avant et il regarde ce qui se passe autour. Je lui mets un harnais que je fixe à la ceinture, je lui ai montré sur quelle touche appuyer pour changer la musique et celle pour descendre la vitre. Coton, imaginons, lui dis-je, tandis que nous roulons sous un ciel délavé, imaginons, Coton, que tu retrouves Maxime, ton copain. Barbara est désespérée et l'autre est fou de rage. Tu vois le tableau. Est-ce que tu me suis. Je lui ai coupé le sifflet quand je lui ai dit que nous rappliquions sans délai. Ils vont nous baiser les mains si tu réussis. Il faut que je trouve la faille, chez ce type, Coton. Ça devient urgent.

Le soir s'apprête à tomber quand nous franchissons le portail qui s'est ouvert comme par miracle. Nicole vient à notre rencontre d'un pas pressé. Elle est habillée de noir et d'un tablier blanc, les cheveux tirés en chignon.

Elle me prend par le bras et me dit oh là là, les choses vont mal entre Monsieur et Madame. Ils sont à bout de nerfs, tous les deux. Ils se rejettent la faute l'un sur l'autre. C'est horrible. Encore là, ça va mieux, mais vous les auriez entendus crier, je me suis réfugiée dans la cuisine. J'ai fait des crêpes, si ça vous dit. Ils ne veulent rien manger.

Je lui propose de me les garder dans du papier d'aluminium jusqu'à mon départ.

Satisfaite, elle me conduit au salon et me glisse je passerai vous prendre demain soir. Je suis impatiente.

Barbara est assise dans un fauteuil, hagarde, recroquevillée. Richard se tient debout, adossé à la bibliothèque, un verre à la main. Il règne dans la pièce un faux calme tapissé d'étoupe et garni d'allumettes. Ils peinent toujours, l'un et l'autre, à se hisser hors de la fosse où leurs démêlés les ont précipités, ils serrent encore les dents.

Ah, fait Richard. Elle n'osait pas vous appeler.

Nathan, vous êtes là, gémit-elle. C'est l'horreur intégrale. Maxime a disparu depuis hier soir, c'est insupportable.

Vous voulez dire le chien de l'actrice.

Non, celui du chanteur. Il en est fou. C'est dramatique.

Non mais quel connard, ce chien, grogne Richard à l'autre bout de la pièce. Comme si le parc ne lui suffisait pas, qu'est-ce qu'il est allé foutre dehors.

Toi, je ne te parle plus, réplique-t-elle. Tu es tellement odieux. Je te déteste.

Va chier, Barbara, tu m'entends, va chier, réplique-t-il.

Bon, écoutez, dis-je, il va bientôt faire nuit.

Ne comptez pas sur moi, j'en peux plus, grommelle Richard. On lui court après depuis ce matin alors j'en ai ma claque. J'ai assez donné.

Mais qui t'a demandé quelque chose, à toi, l'apostrophe Barbara. Quand on n'est pas capable de fermer une porte, on ne la ramène pas.

Mais bordel de Dieu, je vais te le répéter combien de fois que je n'ai pas touché à cette porte. J'ai ouvert la fenêtre, ça oui, parce qu'une demi-douzaine de clébards a passé l'après-midi à se vautrer dans le salon.

Tu es ignoble.

Vous n'auriez pas une photo de lui, par hasard.

Il a fait une pleine page dans *Trente millions d'amis* le mois dernier, m'annonce-t-elle en se raidissant, soudain saisie d'un fol et vibrant espoir. Je vous l'apporte.

Elle retrouve des couleurs et me voue un instant une éternelle reconnaissance. Puis elle a un frémissement et elle sort en coup de vent.

L'autre ricane dans mon dos. On dirait qu'elle vous a à la bonne, dites-moi. Si ce n'est pas dans la poche, vous n'en êtes pas loin.

Oh, arrêtez, mon vieux, vous devenez lourdingue. Je suis plus jeune que vous mais je ne joue plus à ce jeu-là depuis longtemps. Je suis ici pour vous rendre service, pas pour m'écharper avec vous. Chaque chose en son temps.

Il fronce les sourcils.

Non mais toi, tu sais que tu m'amuses, finit-il par m'annoncer en s'approchant. Ça veut dire quoi, chaque chose en son temps.

C'est dans L'Ecclésiaste, il y a un temps pour tout. Et là, nous devons nous occuper d'un chien qui s'est paumé. C'est le temps du chien. Vous m'avez appelé pour ça.

Après quelques secondes, il finit par ébaucher un rictus indéfinissable.

Si elle ne retrouve pas Maxime, elle va me rendre fou, je le sais, je la connais. Je me demande si je ne vais pas prendre une chambre à l'hôtel plutôt que de vous voir rentrer bredouille. J'aimerais autant l'éviter, mais je crois que c'est fichu, ce connard s'est volatilisé.

Sur ce, Barbara réapparaît en brandissant le fameux magazine.

Parfait, dis-je. Allons-y. Coton est dans le parc.

Nous sortons sur le perron – Richard a fait signe qu'il passait son tour en s'allongeant sur le sofa. Barbara me tient par la manche. Elle s'accroche. Je cherche Coton des yeux mais je ne le vois pas. Je l'appelle. Le ciel devient d'un bleu opaque, la lumière faiblit mais colore encore le fond de quelques amas nuageux en jaune rose. Je ne le vois pas mais je l'entends – il me semble que cela provient du fond du parc, de l'autre côté de l'étang aux canards adossé au petit bois. Je crois que Barbara meurt d'impatience de lui coller le portrait de Maxime sous le nez afin qu'il nous conduise à lui. Je l'appelle de nouveau, elle joint sa voix à la mienne. D'ordinaire, Coton est obéissant, mais je l'ai encouragé à ne pas m'obéir au doigt et à l'œil, on n'est pas à l'armée, je veux qu'il conserve une part de sa liberté, de sorte que parfois je finis par m'impatienter quand il abuse. Je le siffle. Et cette fois, il jaillit des fourrés et galope à ma rencontre. Il n'est pas seul. Le cri de joie qui me transperce les tympans est celui de Barbara qui voit Maxime débouler à la suite de Coton.

Elle me tombe dans les bras. Je la repousse gentiment car j'imagine que Richard ne perd pas une miette de la scène et je n'ai aucune envie d'ouvrir un nouveau front en ce moment. Je m'accroupis devant Coton qui vient d'arriver hors d'haleine, je le caresse et lui dis chapeau, le chien. De son côté, Barbara serre Maxime contre son cœur avant de le rentrer à l'intérieur en jubilant.

Sacré Bon Dieu, vous avez réussi, s'exclame Richard qui nous rejoint d'un air ravi.

Qu'est-ce que tu croyais, le brocardé-je.

Je suis rarement épaté, déclare-t-il sur un ton jovial, mais là, je suis vraiment scié.

Oui, vous avez vu ça, Coton est formidable. Il sait ce que j'attends de lui sans que j'aie besoin de le lui demander. Avouez que c'est original. Je l'avais prévenu, dans la voiture, que nous partions à la recherche de Maxime, eh bien, voilà le travail.

Il sourit puis appelle Nicole pour qu'elle nous apporte de quoi boire un verre à la conclusion heureuse du temps du chien.

Écoutez, me dit-il, je ne vais pas nier que je vous dois une fière chandelle, la soirée s'annonçait particulièrement déprimante. Franchement, je n'y croyais pas à votre truc, je pensais que c'était pour Barbara que vous étiez là, vous n'auriez pas été le premier, remarquez, enfin bref, je vous trouve honnête sur ce coup, tout le monde est content. Alors écoutez-moi bien, ce que vous m'avez épargné, ce soir, ça n'a pas de prix pour moi, alors écoutez-moi Nathan, je vais faire une nouvelle et dernière proposition à votre belle-mère. Je lui conseille de l'accepter. Nous sommes très généreux avec elle. Vous savez bien que si ce n'est pas nous, d'autres prendront la place.

Je ferai passer le message, dis-je. Et pendant que je vous ai, et que nous sommes tous les deux parfaitement disposés, j'aimerais vous inviter à la prudence. Nous n'avons pas les mêmes armes. L'argent n'est pas tout.

Durant un instant, un tic nerveux fait tressauter sa paupière.

Ça veut dire quoi nous n'avons pas les mêmes armes.

Mais Richard, vous ne comprenez rien à ce que je dis ou quoi. En tout cas réfléchissez. Ne me donnez pas de vilaines idées. J'en sais davantage sur vous que vous ne l'imaginez, je me suis donné du mal. Après, vous ne viendrez pas pleurer.

D'un regard sombre, il balaie le parc comme s'il le passait au lance-flammes.

Est-ce que tu sais à qui tu parles, lâche-t-il sur un ton calme, sans me regarder.

Oui et non. Mais ça arrive la plupart du temps de ne pas savoir à qui l'on parle. Rien d'inquiétant. Je n'y fais même plus attention. C'est d'ailleurs sans intérêt, vous ne croyez pas.

Je vais te dire quelque chose. Oui, ressers-toi un verre. Je vais te dire quelque chose. Tous les types qui m'ont menacé l'ont regretté. Voilà. C'est tout.

Bigre. Ça fait froid dans le dos.

C'est pour t'aider à comprendre la situation. Tu sais, pour devenir sénateur, je me suis battu. Pour réussir dans les affaires, je me suis battu. C'est ce qui m'a éclaté, dans cette vie. De me battre. Et d'en vouloir encore. L'argent, la politique, c'est très secondaire, c'est presque ennuyeux. J'ai le pied abîmé mais je ne suis pas dans un fauteuil roulant.

Il y a une chose en vous que j'aime bien, mais je ne sais pas quoi vraiment. D'autres que j'aime moins, mais elles sont clairement identifiées, inutile d'en parler.

La nuit se dégage, le noir du ciel s'approfondit. Nous buvons de nouveau un verre, malgré tout, debout devant la balustrade qui borde le perron.

On sort enfin de cet hiver, dis-je. On commence à sentir le flux ascendant.

Hier encore, en quittant le Sénat, j'ai reçu de la grêle.

Oui, ce sont les derniers sursauts.

Je repose mon verre. Je lui dis de ne pas déranger Barbara, je l'appellerai demain, il me fait signe avec sa canne et je retourne à la voiture avec Coton. Au moment de partir, Nicole m'intercepte pour me donner les crêpes. Vous avez fait fort, me dit-elle, un vrai tour de magie.

C'est Coton le magicien, moi je n'ai même pas levé le petit doigt.

Le type de la sécurité actionne le portail, il commence à me connaître, je le salue, Nicole est accoudée à ma portière, le regard dans le vague, j'attends un peu puis j'échange un regard avec Coton assis à côté de moi et il pousse un aboiement. Nicole sursaute. J'adresse à Coton un coup d'œil approbateur, puis je démarre en douceur et m'enfonce dans la nuit.

Un matin, Richard Brunevigne est retrouvé mort dans sa baignoire, nous l'apprenons en regardant les nouvelles, Gaby et moi, totalement médusés. D'autant que nous nous attendions à subir la rage du sénateur d'un moment à l'autre après que Gaby avait négligé son offre. Sa riposte, nous avait-il prévenus, allait nous faire mal.

Nous n'avons pas mal. Éberlués, nous cherchons fébrilement au fond de nos consciences quelque raison de nous émouvoir de la disparition du sénateur – même s'il est exclu d'écraser une larme ou de nous attendrir. Nous n'en trouvons cependant aucune, pas la moindre. Gaby me regarde. Je la regarde. Puis nous pouffons d'un rire nerveux. Que nous chassons rapidement.

Barbara est sous le choc, paraît-il. Nicole m'apprend que la police est encore sur place. On pense que Monsieur s'est électrocuté en prenant son bain, bredouille-t-elle. Ça me fait quelque chose, vous savez, finit-elle par pleurnicher. C'était un peu comme mon père.

Allons, Nicole, ne dites pas de choses pareilles. Écoutez, je vais passer. Mais j'en ai encore pour un moment, ici. Plutôt en fin d'après-midi.

En guise de conclusion, l'un de nos avocats résume la situation. Au moins, il ne va plus nous faire chier, déclare-t-il doctement.

Sans doute ne sommes-nous pas totalement sortis de l'auberge par la grâce de ce funeste miracle, mais un poids a disparu de nos épaules.

L'avocat a raison. Il y avait du chien enragé, chez le sénateur, il ne nous aurait pas lâchés, il me l'a bien fait comprendre. On ne pouvait plus discuter avec lui. Écoute, je ne vais pas le regretter.

Oui, il n'empêche que je suis troublée, déclare Gaby. Tous ces hommes morts, autour de moi. Robert, Patrick, et maintenant Richard. Ça ne t'interroge pas.

Non, pas du tout. Arrête de te torturer. Attends qu'il y en ait d'autres et on pourra se poser la question. Ce n'est qu'une putain de coïncidence, Gaby.

Elle n'est pas du tout convaincue. Il paraît que je ne sais pas lire les chiffres.

Nous sommes dans le jardin, bras nus. En ville, les filles sortent leurs vieilles jupes courtes de l'année dernière en attendant de voir venir côté météo. C'est la deuxième journée de printemps d'affilée après du gris, du maussade, de la pluie, des nuages. Gaby est en forme. Elle fait plaisir à voir, elle se remet à respirer quoi qu'elle en dise et c'est formidable, mais elle doit rester vigilante car, bien que desserré, l'étau est toujours en place. Je redescends de son bureau, assez perplexe quant au relâchement qui s'annonce à la suite de la brusque et fragile embellie provoquée par la mort de Richard Brunevigne.

Certes, si c'est pour travailler, si la relative tranquillité d'esprit retrouvée est employée à écrire, je suis prêt à me battre pour ça jusqu'à la dernière goutte de mon sang. Je me mets au premier rang. À la mort de Robert, elle est restée un mois sans écrire une seule ligne et je me suis inquiété, j'ai pensé à tous ces mots engloutis, j'en ai saisi l'horreur. Je ne tiens pas à ce que cela se reproduise. J'ai envie de lui interdire l'entrée du journal avant quatorze heures. Son dernier recueil est impressionnant, d'une puissance exceptionnelle. J'ai bien envie de mettre des panneaux sur la route pour que les gens passent leur chemin.

Avant d'aller voir comment s'en sort Barbara, je rédige une petite notice nécrologique sur le sénateur et je la donne à Josefa en lui répondant oui, je sais, on est rassurés pour le moment, mais ne baissons pas la garde, méfions-nous de l'effet de surprise.

Le ciel est rouge lorsque j'arrive à destination. Nicole boude un peu depuis que nous avons reporté notre soirée quelques jours plus tôt après un mouvement d'humeur de part et d'autre, mais devant le drame présent, elle s'est ressaisie, et moi aussi. L'heure n'est plus à la chamaillerie.

Je dis bon sang, Nicole, nom de Dieu, en piochant pour elle un mouchoir en papier dans la boîte à gants. J'ai été abasourdi. J'ai encore du mal à y croire, c'est tellement soudain.

Elle se mouche.

Je dois avoir le nez rouge, déclare-t-elle. Je sèche à peine mes larmes que je me remets à pleurer. Je me sens perdue.

On entend un hibou. La lune se lève.

Vous ne trouvez pas que la nuit est moins fraîche, lui demandé-je tandis qu'elle m'accompagne à l'intérieur. Je crois que nous tenons le bon bout. Sinon, comment va-t-elle.

Elle ne veut plus voir personne pour le moment, à part vous. Elle est dans sa chambre, je n'ose pas la déranger.

Bien sûr.

Merci d'être là, Nathan.

Non, c'est normal. Je vais voir si je peux aider d'une façon ou d'une autre. Dites-lui que je suis là. Elle doit être rétamée après une journée pareille.

À mon premier pas dans sa chambre, elle se jette résolument sur moi, m'étreint en soupirant. J'ai la présence d'esprit de refermer la porte avec le pied. Elle tremble dans mes bras. Malgré tout, elle prend les devants et me roule une pelle ombrageuse dont je ne vois pas la fin. J'ai appris à me servir de ma langue depuis que je n'ai plus d'érection, donc je tiens le coup, je me plie à l'exercice en essuyant l'excès de salive qui nous coule au menton. Je ne sais pas si elle rit ou si elle pleure, mais c'est nerveux. Je lui caresse un peu l'entrejambe pour lui montrer que je ne suis pas en train de penser à autre chose mais en vérité je commence à perdre le goût de ces exercices, je n'en tire plus guère de plaisir.

Je la garde plaquée contre moi mais elle parvient quand même à déboucler ma ceinture, ce qui signifie que le moment est venu de battre en retraite de mon côté. C'est toujours un crève-cœur, du moins en ce qui me concerne, mais je sais que c'est mieux pour tout le monde. Ne pas remuer le couteau dans la plaie. Garder le contrôle. Rester évasif. Se concentrer sur l'essentiel. Ce sont les meilleurs conseils que j'ai glanés puis conservés au fil du temps.

Écoutez, Barbara, restons prudents. Attendons que les choses se tassent, nous trouverons le moment propice.

Après un court instant de crispation, de légère hébétude, elle me considère avec des yeux ronds.

Je n'ai pas trop confiance en Nicole, déclaré-je en glissant une cuisse entre les siennes pour lui exprimer mon dilemme. Je crains qu'elle ne devine je ne sais trop quoi. Oui, méfions-nous. J'ai l'impression qu'elle vous en veut, je ne sais pas, elle doit penser qu'elle m'a rencontré avant vous.

Nicole est hystérique. Ne vous inquiétez pas pour ça.

Je ne m'inquiète pas pour ça.

Enfin bref, je ne m'attarde pas davantage car elle est occupée à glisser une main vers mon sexe qui s'est retiré, tremblant, effrayé, au fin fond d'une grotte obscure et glacée comme il en a l'habitude face à une situation extrême.

Bon, soyons discrets, je dois filer, dis-je. Ne prenons pas ce genre de risque. Je me mords le poing de vous laisser.

Je vois Nicole avant de partir, qui commence par faire la moue.

Je lève les yeux au ciel. Elle n'est pas méchante mais elle est pénible, votre patronne, vous ne trouvez pas. Je ne la voyais pas comme ça.

Elle ne répond pas et nous restons un instant silencieux.

Être acteur ou spectateur, déclare-t-elle. Du moment qu'on a le choix. Je ne comprends pas. Ça ne vous obligeait à rien, c'était pourtant clair. Je vous ai choqué.

Écoutez, Nicole, on ne va pas recommencer. Il n'y a rien à comprendre. Vous ne m'avez pas du tout embarrassé. Mon amitié pour vous reste intacte, nous commençons à nous connaître, il me semble.

Elle opine, me prend par le bras et m'accompagne jusqu'à ma voiture. Elle s'y croit.

Il ne faudrait pas que Nicole devienne un problème. Ce n'est pas le bon moment. Je sens qu'elle est dangereuse. J'ai eu envie de lui dire ma pauvre, si vous saviez, vous risqueriez d'être déçue. Le jeu n'en vaut peut-être pas la chandelle.

En rentrant, je me gare à côté d'une Coccinelle toute neuve. Il y a de la lumière dans le cabanon. Le salon et la cuisine sont vides. J'entends Sylvia qui parle dans la chambre. Je déballe les sandwichs au pastrami que j'ai pris en passant, j'en mets deux au frigo. Je donne des croquettes à Coton, je ravive le feu, je m'assois.

Je n'ai pas encore réalisé dans quel nouveau merdier je me suis mis. Je suis assez surpris, d'ailleurs, de ne pas le prendre si mal que ça. N'y avons-nous pas gagné ce répit que l'on n'osait plus espérer. Oui, sans doute, et ce n'est pas négligeable. N'y avons-nous pas gagné la certitude de ne plus jamais croiser ce connard de Richard. Un vrai cadeau. Je n'avais jamais vu un homme casser autant de vaisselle en une minute, l'autre soir, si ivre qu'il était, et jamais je n'avais entendu une femme vociférer comme Barbara l'avait fait.

J'ai à peine dormi, depuis. L'espèce d'épouvantail en flammes qui me colle aux basques depuis le début me nargue à présent tout en gardant ses distances. Je l'aperçois presque toutes les nuits. Un matin, tu me verras arriver avec un fusil, mais alors il sera trop tard, l'ai-je averti. J'attendrai pas l'ouverture de la chasse. Je vais tapisser le ciel de tes plumes, tu m'entends.

Pour l'instant, la créature est perchée sur le toit et elle ne réagit plus à mes provocations. Je crois qu'elle les entend, mais qu'elle s'en moque. Elle est assise sur ses talons, l'air buté. Je l'observe encore un instant avant de rentrer. Je me demande si elle a un nid, ou je ne sais quoi. Je laisse une poignée de cacahuètes sur la table et je retourne à l'intérieur.

Je parviens à obtenir quelques tuyaux par des confrères. Aux dernières nouvelles, la thèse de l'accident est la plus accréditée, la plus plausible, vu le taux d'alcoolémie du sénateur et son handicap. Certains me glissent gentiment que *L'Éveil* a dû sentir passer le vent du boulet – je réponds oui, une expérience stupéfiante, presque sexuelle, vous voyez.

À la fin, je rassemble ces différents sentiments, j'essaie d'être équitable, je fais une synthèse et je présente dans la foulée les condoléances à la famille au nom du journal. Je me relis rapidement puis je balance le truc à Josefa avec Gaby en copie.

Une heure plus tard, je me fais recadrer. Gaby me demande de la rejoindre au cabanon. Je n'ai pas la moindre idée de ce qu'elle me veut mais ce n'est pas un souci. Je range mes affaires, je ramasse quelques miettes de pain dans le creux de ma main, j'emporte mes couverts à la cuisine – sans trop me presser car je suis en train d'écouter *October Blues* et je n'ai pas l'intention de quitter la pièce avant que le morceau ne soit fini. J'ajoute une bûche avant de sortir.

Quand j'entre, elle est debout, les fesses appuyées contre son bureau, et le moins que je puisse dire c'est qu'elle n'a pas l'air contente. Elle ne me laisse pas le temps de le lui en faire la remarque, elle me dit assieds-toi, je m'assieds, elle me dit mais qu'est-ce qui t'arrive.

Je tombe des nues, je réponds je ne sais pas, j'aimerais savoir de quoi tu parles.

Tu ne fais pas ça, d'accord. Ce n'est pas toi qui décides ce qu'on imprime ou ce qu'on n'imprime pas. Tes condoléances au nom du journal, c'est non. Tu attends mon accord. On discute de tout, mais c'est moi qui décide, okay.

Je retrouve rapidement le mécanisme qui permet de hocher la tête. Très bien, dis-je, c'est toi qui vois. Message reçu.

J'hésite une seconde puis je me lève sans ajouter un mot et je sors. Elle me rattrape par la manche.

Eh bien quoi. Qu'est-ce qu'il y a. On ne peut rien te dire, se renfrogne-t-elle.

Bien sûr que si, mais tu as vu l'heure.

L'aube se lève lorsque j'ouvre un œil. Je suis plus ou moins allongé sur le sofa, Gaby plus ou moins en chien de fusil contre moi, la tête sur mon bras ankylosé, nous sommes tous les deux entièrement habillés, elle dort, nous sommes emmêlés dans un tas de couvertures et de coussins bariolés. Je me glisse sur le côté pour me dégourdir les jambes, m'étirer dans le vide. Puis je me lève, je me secoue un peu et je repars comme je suis venu. Je retraverse le jardin éclatant de rosée. J'ai l'impression que mon cerveau se réveille à cet instant précis.

Nous avons vidé une bouteille de gin à deux – ce qui n'a rien d'abominable – et nous avons parlé de notre différend. Je ne me souviens pas de ce qu'il en est sorti. Sinon qu'elle ne revenait pas sur sa décision. Je n'avais pas tous les pouvoirs. Gaby, elle, les avait. Et à la fin nous nous sommes endormis, la fraîcheur du cabanon nous a engourdis. J'en suis sorti comme un zombie.

Je croise Sylvia qui s'apprête à partir et me demande d'où je sors. Je la mets au courant de la petite escarmouche qui m'a opposé à sa mère, de la mise au point qui a suivi.

Ça n'explique pas pourquoi tu as passé la nuit sur son canapé, réplique-t-elle.

Non, tu as raison. Mais je n'en sais rien. J'ai regretté mon lit, c'est tout ce que je peux dire.

Mon café à la main, je reste un instant sur le seuil pour la regarder se mettre au volant de sa Coccinelle. Une journée belle mais timide s'annonce. D'où je me tiens, je peux jeter un regard direct sur la table où j'ai laissé les cacahuètes. Elles ont disparu. Tiens, tiens, me dis-je.

Je m'arrête en chemin pour acheter deux ou trois paquets d'assortiments de noix. À tout hasard, je prends également une barquette de saucisses ainsi qu'une banane.

Gaby franchit les portes de *L'Éveil* au milieu de la matinée. Je lève les yeux d'une série de photos que Josefa et moi sommes en train d'examiner pour illustrer un dossier sur le dégel du permafrost et ses terrifiantes conséquences, mais elle ne m'adresse qu'un vague sourire et monte aussitôt dans son bureau – sous le regard étonné de Josefa auquel je souscris avec un léger haussement d'épaules.

Je ne monte pas dans son bureau et elle ne m'appelle pas. Je ne sais pas à quoi elle pense. Toutes les questions n'ont pas de réponse. J'en sais quelque chose. Parfois, lorsque l'on parvient à se débarrasser d'un énorme poids, le vide ainsi créé est encore pire – plus sombre, plus profond, plus insidieux, plus imprévisible, protéiforme. Une plaie. Pourtant son ciel s'est dégagé. De gros nuages ont disparu, balayés comme d'un coup de baguette magique. Mais le lui rappeler ne servirait à rien. D'ailleurs, remplace-t-on toujours un mal par un bien. Non, ce serait trop simple.

Nathan, me déclare-t-elle le soir même alors que nous prenons un verre dans le jardin en compagnie de quelques amis, Nathan, il va falloir que nous fassions très attention. Très très attention.

Ce sont les premières paroles qu'elle m'adresse de toute la journée, le seul regard qui me transperce. Nous nous sommes retrouvés un peu à l'écart, près d'un jeune érable palmé qui commence à redresser ses fleurs, mais rien de calculé, tandis que les conversations – des relations de Sylvia pour la plupart, bref – s'animent sous les dernières lueurs du jour voilé d'une délicate dorure.

Oui, sans doute, acquiescé-je. Mais sois un peu plus précise.

Oh, arrête, ne sois pas stupide. Écoute, j'ai vraiment réfléchi. Je ne dis pas qu'il faut arrêter. Je ne dis pas ça. Mais nous allons devoir être invisibles. Ne pas laisser planer l'ombre d'un doute.

On s'y emploie, non. D'autant qu'il n'y a pas grand-chose à cacher.

Eh bien, ça n'en prend pas le chemin. C'est ainsi, on n'y peut rien. Mais nous n'aurons jamais davantage, tu le sais bien. On n'ira pas au Ciel, putain. Est-ce que tu saisis. C'est l'Enfer qui nous attend, c'est une malédiction.

Je fais la moue avant d'aller chercher des gin tonics. Je distribue quelques sourires forcés en passant mais je ne ralentis pas, je ne suis pas en mesure d'entamer la moindre conversation.

Quand je reviens vers Gaby, ma décision est prise.

Écoute, lui dis-je, ça n'ira pas jusque-là. Sois tranquille. Je ne sais pas si tu es au courant, mais je ne bande plus depuis mon opération. C'est fini, c'est terminé. Tu vois où je veux en venir.

Elle écarte aussitôt le sujet d'un geste agacé. Nathan, le problème n'est pas là. Je ne suis pas en train de te parler de sexe. Est-ce que tu m'écoutes.

Je jette un discret coup d'œil alentour afin de m'assurer que nous n'attirons pas l'attention avec notre cafardeux conciliabule.

Je me demande lequel des deux n'écoute pas l'autre, marmonné-je. Enfin, je répugne à utiliser le terme « impuissant », mais au moins c'est clair. Ça fixe les idées.

Malgré sa cuirasse d'acier, elle mollit un instant, regarde ailleurs.

Ça n'empêche pas les sentiments, bien sûr, temporisé-je.

Elle replonge de nouveau les yeux dans les miens et c'est à peine respirable.

Et alors, lâche-t-elle soudain d'une voix rauque, d'un air incandescent.

Et alors quoi, demandé-je, c'est quoi la question.

C'est pas une question.

Je m'éloigne en opinant. Je ne vois rien de mieux à faire. Un peu plus tôt, aux informations, je regardais un vieil homme qui tournait en rond devant les ruines encore fumantes de sa maison, à la suite d'un bombardement, mais c'est une piètre consolation de savoir qu'on n'est pas le seul.

Gaby n'a pas bougé de place. Je regrette de ne pas lui avoir touché la joue avant de filer comme un voleur. Absent, je me sers un jus d'orange quand je la vois se diriger vers moi.

Je voulais dire qu'est-ce que ça change, reprend-elle en se plaçant à mon côté sans m'accorder d'attention particulière. Dans le sens et alors, qu'est-ce que ça peut bien faire. Mon Dieu, pour qui me prends-tu, Nathan.

Je n'avais pas saisi l'intonation, déclaré-je. Maintenant, ça me donne des sueurs froides. Je ne sais pas dans quoi l'on s'embarque.

Ne t'inquiète pas pour moi.

Une sorte de râle s'échappe de ma gorge. Que je ne m'inquiète pas pour elle. Je me retiens d'éclater de rire. Je serre si violemment mon verre qu'il m'explose entre les doigts. Il y a du sang partout.

Souvent, aux urgences, entre les malades et les blessés, une fois passé le ballet des ambulances et des pompiers, il n'est pas toujours facile d'être pris en main, de ne pas être abandonné sur une chaise, mais Gaby connaît quelqu'un et je ne me vide pas de mon sang — qui s'est figé, à différentes reprises, sur la portion de route en lacets où Gaby nous avait alors lancés à toute allure en s'inquiétant de comment j'allais. Le gars l'appelle ma chérie et me confectionne un pansement laborieux tandis qu'ils échangent des nouvelles de leurs vies, des fléaux qui nous harcèlent. Ils ont le même âge. Il a les cheveux blancs. Ce con pourrait être mon père.

La séance de l'hôpital terminée, je demande à prendre le volant pour rentrer, mais nous devons rapidement échanger nos places car mon pansement me gêne pour changer les vitesses. Durant le trajet, les mots ne viennent pas, d'un côté comme de l'autre. Je m'applique à conduire mentalement, fouillant sans conviction l'au-delà des phares, le cœur de l'obscurité. En fait, je ne vois rien. C'est à peine si je reconnais la route.

Mes blessures ne sont pas graves mais tout le monde semble s'y intéresser. Sylvia m'a serré un instant dans ses bras, d'autres m'ont amicalement malaxé l'épaule et arraché un sourire.

On ne se fait pas de serments, on n'attend rien, me glisse Gaby avec un air de conspirateur cependant qu'elle me prépare une assiette de crudités en bâtonnets. On ne cherche pas d'explications. Jamais. Tu m'entends. Jamais.

Ça promet, soupiré-je en me demandant si elle n'a pas mangé du cheval.

Je suis sérieuse, tu sais.

Oui, je crois que j'avais compris.

J'attends que tout le monde soit parti pour déposer une nouvelle poignée de fruits secs sur la table du jardin. J'y ajoute une saucisse et une banane. Je ne suis sûr de rien. À différents égards, je navigue en terre inconnue.

Le lendemain matin, dès l'aube, je suis debout. La mère et la fille dorment encore. En fait, je ne me suis pas couché. Tard dans la nuit, devant la cheminée éteinte, j'avais fini par m'éjecter de mon fauteuil et j'avais grimpé en trombe l'escalier qui conduisait à la chambre de Gaby, mais j'étais resté planté derrière la porte et m'étais mordu les lèvres avant de redescendre. À la suite de quoi le sommeil n'avait pas simplement tardé à venir, il n'était pas venu du tout.

Rien d'abominable, néanmoins. Mon pain quotidien. Je fais ma toilette à l'eau froide, avec une seule main. Une petite langue de brume se désagrège dans le fond du jardin, s'effiloche contre la haie lorsque je mets un pied dehors. Le silence est magnifique. Je projette une balade en forêt avec Coton, juste lui et moi, pour commencer le week-end. Je ne veux voir personne pour le moment. Je reçois un appel de Barbara auquel je ne réponds pas.

En revanche, j'esquisse un léger sourire en découvrant la table vide – en dehors de quelques raisins secs sans doute abandonnés par mégarde dans l'obscurité. Je ne trouve pas de mot de remerciement mais je suis disposé à reproduire l'expérience. Tout à fait disposé. Je reçois entre-temps un message de Barbara qui me demande de rappeler *asap*. Il est à peine six heures du matin. J'éteins mon téléphone et je demeure un moment les bras croisés à inspecter le ciel jaune pâle, bleuissant, et les bois alentour, les toits, les recoins, les fourrés, mais rien ne bouge, pas un moineau, aucun volatile ne traverse l'azur. J'emporte la peau de la banane en la pinçant entre deux doigts.

Sylvia est levée. Elle a trouvé un slip et un tee-shirt. Elle est debout devant la fenêtre de la cuisine, son téléphone dans une main, un verre d'eau dans l'autre.

Nathan, dit-elle, je crois que j'ai rêvé. Il me semble avoir vu un écureuil qui mangeait une saucisse.

Bien sûr, mais recouche-toi, lui conseillé-je. Ça va passer.

Ainsi ne suis-je pas de la meilleure humeur qui soit lorsque je me gare devant les grilles de la propriété de Barbara – qui n'a cessé, depuis ce matin, de me bombarder d'appels comme une adolescente sous acide. C'est un mauvais signal qu'elle m'envoie. Elle m'a donné un code pour ouvrir, mais je l'ai oublié. Je klaxonne. Les battants s'ouvrent, provoquant un envol cacophonique de corneilles noires effarouchées.

J'apprends par la femme de ménage que Nicole a eu un malaise et qu'elle est rentrée chez elle. On a eu un certain va-et-vient, avec la police et tout, déplore-t-elle, la maison est sens dessus dessous.

Je trouve Barbara effondrée dans le bureau de son mari – feu Richard Brunevigne, sénateur, homme d'affaires, homme puissant, pervers narcissique notoire, etc. – dont la disparition délie soudain les langues, en particulier celles de trois jeunes femmes dont il aurait abusé et qui témoignent. Et ce n'est qu'un début, soupire-t-elle en se prenant la tête dans les mains. La rumeur est en train d'enfler, Nathan, le scandale va être épouvantable.

Je suis de son avis, concernant le scandale, mais je ne dis rien. Je ne suis pas tellement surpris. Certaines doivent penser que la mort est un peu trop facile, elles veulent que ces choses-là ne disparaissent pas.

Du creux du fauteuil où elle est recroquevillée, Barbara me tend un bras fatigué. Je remarque seulement à cet instant qu'il règne un certain désordre dans la pièce, des papiers sont éparpillés, des tiroirs retournés, des placards ouverts.

Je tremble à l'idée de ce qui m'attend, déclare-t-elle.

Oui, elle peut. On ne sort jamais indemne de ces histoires. La presse va s'en emparer et la vague va s'abattre, la tache va s'étaler. Je la regarde. Personnellement, j'espère qu'elle va tenir bon. Je m'inquiétais encore, un peu plus tôt, d'avoir placé mon sort entre ses mains. Ce que je viens d'apprendre me confirme que mon appréhension était singulièrement fondée.

Je n'ai pas de mots assez durs pour qualifier le piège dans lequel je me suis laissé embarquer ce soir-là, je préfère m'asseoir.

Je vous ai attendu toute la matinée, dit-elle, j'avais besoin que vous soyez là. Je fais des cauchemars, voyez-vous.

Oui, c'est normal, fais-je en regardant ailleurs.

Et c'est tout, finit-elle par m'interroger d'un ton acide, l'œil brillant.

Je grimace un instant, dans un silence glacé.

Oui, Barbara, c'est tout pour le moment. Ne réveillons pas l'eau qui dort. Tenons-nous tranquilles. Ma vie est compliquée. Je veux dire suffisamment compliquée.

Elle se lève sans un mot et tente de me mettre brutalement à la porte. Elle est nerveuse, elle me pousse, me bouscule, mais je lui rends bien quelques dizaines de kilos et je tiens sur mes jambes. Je résiste mollement, cependant. Nous sortons du salon en nous agrippant, sans prononcer un mot, en grognant, presque en nous crêpant le chignon. Quand j'estime que nous en avons fait assez, je la bloque dans le couloir. Elle a repris des couleurs. Je l'étreins pour l'immobiliser.

N'essayez pas d'en profiter, grogne-t-elle. Espèce de salaud.

Ne croyez pas ça. Je ne fais pas de cauchemars mais je rêve de vous la nuit. C'est une torture.

Nous retournons au salon pour boire un verre. Coton vient lui lécher les mains – je n'ai pas de meilleur allié sur cette planète.

Vous devriez partir en voyage, lui suggéré-je en lui servant un gin que le sénateur gardait sous clé.

Je viens m'asseoir près d'elle sur le canapé. Je prends le risque.

Misez sur une destination assez lointaine, dépaysante, poursuis-je. Je ne sais pas, moi. Prenez un maillot de bain et partez en Écosse. Nous partageons un lourd secret, Barbara, c'est la seule chose que vous devez garder à l'esprit. Vous savez, même si ce scandale arrive, et il va arriver, n'en doutez pas, eh bien, ce ne sera rien à côté de ce qui peut nous tomber sur la tête si on est pris, ce ne sera qu'une petite rigolade en comparaison.

Elle hausse les épaules. De toute façon, je finissais par l'avoir en horreur, lâche-t-elle d'une voix sourde. Il bousillait chaque jour de mon existence. Il détestait mes cotons, cette ordure, mais moi, c'est lui qui me faisait horreur. Je ne voulais plus qu'il me touche.

Quand on en arrive là, c'est plié, renchéris-je.

Le jardinier passe derrière les fenêtres au volant de sa tondeuse à gazon – par instants, on a l'impression qu'il chevauche un taureau furieux.

Il m'aurait tuée, je le connais, déclare-t-elle. Il m'a vraiment fait peur, quelquefois.

Il était ivre et hors de lui, ajouté-je en opinant. Je le sentais mal. Ça n'a pas loupé.

Bizarrement, tandis que nous conversons épaule contre épaule, je prends conscience que je ne ressens plus rien. Le bug ne provient pas d'elle. Barbara fait partie de ces femmes sur lesquelles on se retourne et elle n'a pas changé. J'ai presque un mouvement de recul, néanmoins. Comme de tremper mes lèvres dans une bière éventée.

Elle s'en aperçoit et me regarde. J'ai le sentiment que je n'en ai pas fini avec elle. Je ne peux pas me la mettre à dos. Autant signer mon arrêt de mort, j'imagine.

Vous voyez, lui dis-je, Barbara, je dois me tordre le bras pour garder cette distance entre nous. J'aimerais vous serrer contre moi mais je ne vais pas le faire. Ne nous laissons pas entraîner. Plus tard, nous verrons bien, nous verrons comment le vent tourne.

Parce que, en même temps, c'est excitant, déclare-t-elle à voix basse. Ce que nous avons fait ensemble, c'est incroyable, non. J'en frissonne quelquefois. Pas vous.

Non, ricané-je, arrêtons ce délire.

J'ai envie de la secouer. J'aurais pu tomber sur quelqu'un d'un peu plus solide, de plus équilibré, mais le sort me gratifie d'une demi-folle qui pourrait devenir impossible à contrôler. Je me lève pour aller respirer un peu d'air à la fenêtre. Sur le mur du perron, le jasmin est en fleur et le bleu du ciel domine. Les cotons zigzaguent dans l'herbe verte fraîchement coupée.

Vous êtes encore jeune mais pas très audacieux, déclare-t-elle dans mon dos.

Je ne réponds rien. Je l'entends qui allume une cigarette. Elle souffle sa fumée dans mon cou.

Qu'elle ne m'attire plus physiquement, contre toute attente, qu'elle ne déclenche plus de pensées humides, licencieuses, dans mon esprit, ne m'oblige pas à me montrer désagréable avec elle.

Nous n'avons rien entamé et ainsi nous n'avons rien gâché, lui dis-je.

Conneries, me répond-elle.

Je n'insiste pas.

Je ne vous ai pas demandé en mariage, il me semble, reprend-elle.

Voilà comment un fastidieux après-midi s'étire telle une langue de guimauve suspendue à son crochet poisseux alors que j'avais prévu une promenade tranquille en forêt pour échapper quelques heures au capharnaüm général à l'intérieur duquel je déambule en aveugle, ces temps-ci. Et là, des échanges à n'en plus finir, de molles tractations, des grimaces, des sourires, de longs silences, des soupirs, etc. Que de temps perdu. Déjà le ciel a pâli et dans moins d'une heure le soleil, encore lointain, aura basculé derrière les crêtes et la forêt, de l'autre côté du lac, aura glissé dans l'ombre et plus personne n'y mettra les pieds.

En partant, je suis épuisé. Mais il me semble avoir mis les choses au clair avec Barbara et j'en suis satisfait, relativement apaisé. Je souffle. Je m'arrête en ville pour boire un verre et j'achète les journaux du soir. La thèse de l'accident est admise, banale, de peu d'intérêt, celle du type alcoolisé qui laisse tomber son sèche-cheveux dans son bain, une antienne, mais une autre histoire commence à se faire jour, beaucoup plus intéressante, et la presse, prudente et dans l'attente d'éléments plus précis, se frotte déjà les mains. Elle se demande, en toute innocence, en prenant les précautions nécessaires, si le sénateur Brunevigne, en dehors de ses activités normales, n'en exerçait pas d'autres, celles-là illicites, dans l'ombre d'un réseau de prostitution au sens encore large.

Je termine ma lecture en pensant que je n'étais pas si loin de la vérité, que je m'en approchais, mais je reconnais que ces trois femmes ont fait plus fort que moi et qu'elles m'ont pris de vitesse avec leurs témoignages. Je pense à Richard qui voulait nous écrabouiller. Je pense à Robert qui voulait me casser la gueule si je ne m'occupais pas de mes fesses, je pense à Patrick. Je laisse un pourboire.

Lorsque je rentre, le soir tombe. Je me lave les mains tout en leur donnant des nouvelles fraîches de la chute des Brunevigne qui doit en faire trembler plus d'un. Quand nous passons à table, l'humeur de Sylvia s'assombrit. D'un coup d'œil, Gaby et moi décidons de ne pas en rajouter, mais Sylvia revient à la charge.

Quel ignoble enculé, grogne-t-elle entre ses dents.

Ah, non, ne dis pas ça, soupiré-je en lisant entre les lignes.

Nos regards se croisent.

Tu ne pouvais pas deviner, bien sûr, lui déclare sa mère. Maintenant tu sais à quoi t'en tenir et c'est bien. Vois-tu, j'ai eu peur de te perdre, dans cette histoire. Que tu sois embringuée dans l'autre camp. On croit connaître les gens. Il nous tenait à la gorge.

Il nous aurait écrabouillés, marmonné-je, tandis que Sylvia fouille nerveusement dans son sac et en sort son vapo de poche. Je l'ai rencontré plusieurs fois, ces derniers temps, et je vous garantis que c'était ce qu'il voulait, nous réduire en miettes, et pas autre chose. Il n'aurait pas fait de sentiment, cet abruti, il voulait notre peau.

Et tu sais pourquoi, annonce Gaby.

Sylvia lève les yeux de son ustensile qui finit de monter en température et vibre, et je reste quant à moi le bras levé avec mon verre à la main.

Mais Gaby la joue sobre et enchaîne presque aussitôt. Barbara et Robert ont eu une liaison autrefois, et Richard ne l'a jamais digéré, résume-t-elle.

Je m'écarte sur ma chaise en déclarant que c'est la meilleure.

Je ne voulais pas tout mélanger, ajoute-t-elle. Maintenant, ça n'a plus d'importance.

Sylvia tire une longue bouffée de son instrument puis la recrache en secouant la tête et me le tend.

Je décide d'aller prendre l'air au bout d'un moment. Il est déjà tard. Je fais un tour et je constate qu'il ne reste rien sur la table de jardin. Bien. Ma chimère aime les fruits secs. Je suis en train de balancer des noix qui dégringolent sur le toit pour attirer son attention, quand Gaby s'arrête sur le chemin et m'observe sans rien dire.

Oh, tu sais, ne te mets pas dans tous tes états, finit-elle par annoncer. Nous n'avons rien fait de mal.

Sur le coup, je ne comprends pas très bien de quoi elle me parle. Je me mets à rire sans raison. Elle semble hésiter puis reprend sa marche vers son cabanon et s'y engouffre. Le silence retombe. Je lance cinq ou six noix d'un coup et elles cliquettent en dévalant les tuiles comme un genre de maraca édentée cependant que Gaby réapparaît avec une boîte à chaussures sous le bras.

Arrête, me dit-elle. Ça me stresse.

Oui, je vois.

Robert faisait craquer ses doigts, dit-elle, j'ai horreur de ça.

Je revois son crâne rose rasé de près, fais-je, ses yeux globuleux, ses grimaces.

Nathan, je refuse d'en parler.

Pourquoi ça. Pourquoi ne parle-t-on jamais de l'ignoble connard qu'il était.

Il n'était pas que ça.

Je hausse les épaules. Ça aurait mal fini. Tu ne tenais plus le coup, je le voyais bien, tu devenais folle. Demande à Sylvia, on sentait qu'un drame allait arriver. Peut-être n'était-il pas que ça, mais ça, c'était déjà trop. Pour ma part, en tout cas. Gaby, regarde-toi, tu resplendis depuis qu'il n'est plus là, regarde-toi, Seigneur, tu plaisantes, et si je puis me permettre, tu n'as jamais aussi bien écrit que depuis qu'il est mort et enterré. Ce coup du sort, c'est un miracle. Le mal a disparu, tout est rentré dans l'ordre. C'est tout ce qui m'importe. Voilà ce que je pense. Il peut continuer à faire craquer ses doigts en enfer si ça lui chante. Il a fini de te nuire. Je ne vais pas le regretter, c'est bon.

Elle reste à l'arrêt, sur le chemin, à une dizaine de mètres. Bien en vue. J'avais oublié que nous devions nous tenir à distance, veiller à ne pas nous laisser surprendre par un œil mal avisé.

Tu aurais pu me prévenir plus tôt, soupiré-je mollement pour dire quelque chose.

Reste où tu es. Elle nous regarde.

Je jure entre mes dents.

Tu penses que ça m'amuse, grince-t-elle de son côté. Tu te demandes pourquoi je suis stressée. Et ce n'est pas vrai, je n'écris pas mieux. J'aimerais. C'est juste de plus en plus dur. Rien ne s'écarte, tout se replie sur nos têtes. Bon, je vais rentrer.

Écoute-moi, je vais te dire quelque chose. Voilà. Pour ce qui nous concerne. Toi et moi. Je pense que nous allons y arriver. Je le crois sincèrement. Ce n'est qu'une question de temps.

C'est notre différence d'âge, c'est ce qui ne va pas.

Mentalement, je bous. Je ne connais pas de créature plus désirable. Je préfère en rire. Dans une autre vie, elle m'aurait rendu obsédé sexuel.

Je préfère ne pas te répondre.

Elle me fixe longuement, serrant la boîte à chaussures contre sa poitrine.

Un frisson d'air agite le feuillage encore fragile. Je lève la tête et elle tourne déjà les talons d'une démarche nerveuse. Je regarde son déhanchement, ses fesses. Je lance encore quelques noix avant de rentrer, tout en m'essayant à certains bruits de succion amicaux pour attirer ma harpie car je sens qu'elle n'est pas loin. Je crois qu'elle est gourmande. Ou tout simplement affamée, elle m'a paru maigre.

Je la vois. Elle vient d'atterrir sur le toit, dans un silencieux vol plané, et se cache à demi derrière la cheminée. J'ai des crocodiles en guimauve dans mon autre poche, je lui annonce qu'elle va se régaler, que l'on va repartir sur de bonnes bases. J'aime bien sa couleur, ce rouge incandescent qui varie d'intensité par quelque prodigieux mystère, sur le rythme d'une palpitation. Je lui lance une poignée de confiseries et elle se découvre. Elle me considère avec suspicion, balaie la scène d'un œil luisant. Je ne bouge plus. Je souris. Les environs sont tranquilles. Coton, qui ne s'est rendu compte de rien, s'est endormi dans l'herbe, à mes pieds.

Alors elle finit par descendre vers moi et s'arrête à la gouttière, juste au-dessus de ma tête. Je lui fais don de mes dernières confiseries et recule jusqu'à la table pour m'asseoir. Je l'observe pendant qu'elle grappille les crocodiles à sa portée.

Je reviendrai avec du solide quand elles seront couchées, lui dis-je en me levant. Coton m'emboîte le pas. Je retrouve les deux femmes dans le salon et je vais m'occuper du feu. Sylvia est étendue de tout son long sur le canapé, son casque sur les oreilles, les yeux fermés, dodelinant languissamment de la tête.

Je crois qu'elle a son compte, dis-je.

Gaby pose son livre, retire ses lunettes. Ça lui a fait un choc, annonce-t-elle, je n'en doute pas. Elle est tombée de haut.

Tout ce que ce type a touché, il l'a sali, marmonné-je. C'est un pouvoir particulier.

Elle va s'en remettre, déclare Gaby. Elle réagit vite.

J'acquiesce en me dirigeant vers la cuisine pour me laver les mains – depuis que je suis libéré de mon pansement, je n'hésite pas –, puis je reviens vers elle et j'ai l'impression de la tirer d'un songe.

Je m'assois à bonne distance et lui adresse un clin d'œil.

Nathan, dit-elle, nous sommes à la croisée des chemins. Il faut que nous en parlions tous les trois. Je suis disposée à mettre la vente des terrains sur la table.

C'est un sérieux verrou qui vient de sauter, opiné-je.

C'est maintenant ou jamais. J'ai réfléchi.

Tu vas surtout devoir parler avec elle, tu sais, car je n'en serai pas. Ne me mêle pas à ça, Gaby, s'il te plaît. Accordez-vous toutes les deux. C'est votre histoire. Je ne veux pas monter à la place du mort, est-ce que tu me suis, ni même me mettre entre vous, sacré bordel. Présentez-moi le fruit de vos réflexions et je prendrai. Sans discuter une seconde.

Elle dépose un baiser sur ses doigts et le souffle dans ma direction. Je pensais que nous ne devions pas prendre de risques. Je me lève pour me servir un verre et ma main, au passage, effleure un instant son épaule. Ça, c'est strictement interdit.

Je parle d'aller me coucher et elle se lève en disant moi aussi.

J'en profite pour emporter Sylvia dans la chambre. Elle gémit sans ouvrir les yeux. J'enlève ses chaussures et tire une couverture sur elle. Je place une bouteille d'eau sur sa table de nuit avant de sortir. J'ai un dernier regard sur les traces du plafond que je n'ai pas bien réussi et je referme silencieusement dans mon dos. Gaby n'est plus là. Je tisonne les dernières bûches, j'enfile un blouson dont je garnis les poches. Je prends des croquettes et je retourne dans le jardin avec une lampe électrique au cas où la lune se cacherait derrière un nuage, et un escabeau en aluminium décoré de quelques gouttes de peinture

Elle n'a pas bougé. Elle tend le cou pour voir ce que je fabrique cependant que je m'installe plus bas en évitant les gestes brusques, les bruits intempestifs. Je grimpe quelques marches. Elle recule d'un mètre. Je m'élève un peu plus et je cale le bol de croquettes contre la gouttière, j'ouvre une barquette de knackis, j'aligne une grosse poignée de confiseries, après quoi je redescends de deux marches et j'attends.

Quand elle se décide à s'approcher, prudemment, je poursuis mon repli pour la laisser tranquille et je remballe. Les présentations sont faites.

Je l'observe un peu plus longuement, le front plissé, avec mon escabeau sous le bras. J'ai tout à coup l'impression qu'elle sait qui je suis, qu'elle me connaît. Comme je n'ai rien à cacher, ça ne me perturbe pas plus que ça, mais ça me sidère. Quel monde étrange, finis-je par glousser.

Je m'étends sur mon lit, tout habillé, les yeux grands ouverts dans l'obscurité.

Je sais que je suis possédé mais je ne sais pas par quoi.

Moins de quarante-huit heures plus tard, au moment où l'affaire Richard Brunevigne explose dans la presse et occupe tous les écrans, Gaby et Sylvia sont enfermées dans le cabanon et elles discutent de cette fameuse croisée des chemins. Je n'entends pas de cris ni de vaisselle cassée. Je vois une fumée blanche s'enrouler au-dessus du toit.

Elles sont huit à présent qui ont raconté leur histoire. Elles ont parlé d'adolescents, et même d'enfants, de viols. L'enquête se poursuit mais tout est étalé au grand jour, ces trafics sont connus, on n'a pas besoin d'un dessin. Je coupe la radio. Je les vois sortir du cabanon, elles se tiennent par la taille. Souvent, les histoires commencent bien. Je fonce à *L'Éveil*, prenant à peine le temps de les féliciter afin de m'assurer que nous n'allons pas manquer une information de dernière minute avant d'envoyer le feu vert à l'imprimerie.

Lorsque j'arrive, Josefa est déjà au taquet, donc je ressors et traîne un peu l'oreille du côté de la police ou bien je parle avec des collègues, mais je n'obtiens rien de nouveau – sinon que ça pue à mort, reprennent-ils en chœur. Je m'attarde au soleil sur un banc quand je reçois un appel de Nicole. Elle m'arrache un soupir et j'hésite à répondre.

Vous m'avez oubliée, me déclare-t-elle d'une voix rauque.

Bien sûr que non. J'ai eu trop de problèmes à régler, voilà tout.

J'ai essayé de vous joindre plusieurs fois.

Oui, mais écoutez, je ne suis pas collé toute la journée à mon téléphone. Essayons de ne pas devenir fous.

Elle me donne rendez-vous dans un bar, au coin de son immeuble, car elle ne fait plus le ménage, ne change plus ses draps, n'aère plus, m'avoue-t-elle. Lorsqu'elle s'assoit sur la banquette qui me fait face, le soir tombe et l'enseigne lumineuse d'une marque de bière suspendue derrière la vitre brouille bizarrement son visage. Je ne lui trouve pas bonne mine. J'ai l'impression qu'elle est ivre.

Et d'abord, il s'est pas noyé, lâche-t-elle d'une voix pâteuse. Il s'est pas du tout noyé.

Mmm, j'ai bien peur que si. Dans son bain, Nicole. On ne va pas revenir là-dessus. Cessez de vous faire mal.

J'ai pas mal, je suis dévastée. Perdue, vous comprenez. Larguée dans la nature. Dans la forêt. Un animal qui a perdu son maître.

Oui, je ne sais pas, je vois, vous devriez peut-être consulter. Mais quand même, Nicole, ouvrez les yeux. On parle de lui dans tous les journaux. Ne soyez pas aveugle.

Son teint vire au gris. Des blasphèmes, lâche-t-elle d'une voix sifflante. Des saletés, des pourritures, poursuit-elle en se tordant les doigts.

Je commande une bière et une eau gazeuse pour elle. Le bar est encore vide. J'aime autant qu'il soit vide, si elle doit piquer une crise de rage. D'ailleurs, elle cramponne la table qui par chance est vissée au sol. Je me demande vraiment ce que je fais là avec elle. Qui explose, ainsi que je m'y attendais, mais pas de cette manière. Elle éclabousse tout. Il y en a des quantités. Un énorme jet. Elle finit en poussant un râle à faire dresser les cheveux sur la tête. Je suis tétanisé. Il y en a partout. J'attrape un distributeur de serviettes en papier épargné sur la table voisine, j'en extirpe une poignée que je lui tends. Elle est d'un teint cireux, verdâtre. L'odeur aigre et vineuse est épouvantable.

Ça va mieux, demandé-je en me levant avec la grimace, m'essuyant comme je peux. Ça vous arrive souvent.

Oh mon Dieu, bredouille-t-elle en se dégageant péniblement de sa banquette. Elle flageole un peu sur ses jambes. Elle en est couverte. Maintenant elle pleure. Un type en tablier arrive déjà avec un seau et une pelle pour la corvée. Je lui dis que je suis désolé tout en soutenant Nicole qui défaille plus ou moins, toute molle, toute luisante et filamenteuse. Je laisse un billet sur un petit coin de la table resté sec. L'air frais lui fera du bien, fais-je en sortant, un bras ferme autour de sa taille.

Dehors, elle se plie en deux. Elle a mal au ventre. Je l'invite à respirer, à se détendre. Elle n'écoute pas, elle gémit. Elle risque d'imploser, cette fois. Je la raccompagne chez elle sans perdre une minute. Elle empeste. J'ai hésité à l'abandonner dans l'ascenseur et je m'en mords aussitôt les doigts.

Elle retrouve à peine ses esprits quand nous passons sa porte, mais elle se laisse choir dans le couloir en glissant contre le mur.

Ah, je n'en peux plus, je n'ai plus de forces, se désole-t-elle.

Levez-vous, dis-je en ouvrant les fenêtres car il règne une odeur de fauve dans l'appartement. Il fait sombre, les stores sont tirés. La pièce n'est pas particulièrement en désordre mais elle donne une impression de laisser-aller, des choses traînent, oubliées sur place. Je me lave les mains. Je tourne la tête et je vois qu'elle n'a pas bougé. Je l'invite à faire un peu de toilette tandis que je m'asperge la figure d'eau fraîche et m'inspecte rapidement.

Je ne peux plus faire un geste, geint-elle.

Je vais me poster devant elle, je la considère, puis je me penche pour attraper son bras et le passer derrière ma nuque, malgré que j'en aie. Je me redresse pour la remettre sur ses jambes mais c'est peine perdue et je dois pratiquement la traîner jusqu'à la salle de bains, elle ne s'aide pas beaucoup.

Elle se laisse de nouveau choir dans un coin de la douche comme un sac de chiffons humides.

Nicole, il faut y mettre un peu du vôtre, lui dis-je au bout d'une longue minute en la regardant avec ennui se débattre nerveusement pour extraire un bras de la manche de sa veste.

Mes bras pèsent des tonnes, pleurniche-t-elle.

Je l'aide du bout des doigts, en me pinçant le nez. Ensuite, il faut passer la tête par l'encolure de son pull vert amande qui a reçu sa part et s'en trouve parfaitement dégoûtant. Je serre les dents. Je finis par tirer sur sa jupe pendant qu'elle se tortille pour s'en débarrasser. Je décroche la pomme de douche et la place entre ses mains avant de tirer le rideau.

Je vais respirer à la fenêtre. Une bouteille de porto vide roule sous mes pieds. Je n'entends pas l'eau couler, lancé-je en levant les yeux. Je vois la créature tourner en rond dans le ciel qui s'assombrit avec le soir. Je me souviens comme je l'ai repoussée au début. J'ai fait la même chose avec Coton, je n'en voulais pas. Elle trace encore quelques cercles au-dessus de ma tête, puis s'éloigne vers le couchant. Elle est venue voir ce que je faisais. J'ai dit aux filles que je m'étais mis aux knackis pour en stocker dans le frigidaire.

Je tends l'oreille. J'y retourne, je tire le rideau, et elle n'a pas commencé. Je ne dis rien, je lui prends la douche des mains, je règle la température et je l'arrose tranquillement des pieds à la tête. Elle en avait besoin. Je procède par zones, par bandes horizontales. Elle soupire. Quand elle retrouve quelques forces, je lui tends le peignoir pendu derrière la porte.

Elle avance encore chancelante jusqu'au canapé.

Madame m'a donné mon congé, déclare-t-elle. Je n'ai trouvé personne avec qui fêter ça.

Un épais silence tombe. Je regarde ma montre. Je la persuade d'aller se coucher avant que ses batteries ne tombent réellement en panne. Elle se plaint d'être barbouillée depuis quelques jours. Elle se plaint que les épreuves s'enchaînent.

Elle n'a pas supporté que je lui tienne tête, marmonne-t-elle, mais je sais ce que je dis.

Je l'accompagne jusqu'à sa chambre en opinant.

Puis je lui souhaite une bonne nuit, je prends la porte et je délaisse l'ascenseur, je dévale les escaliers en courant. En faisant le tour du quartier, je la bloque sur mon téléphone puis je rentre au journal après avoir pris l'air. Je ne cherche même pas à comprendre ce qu'elle m'a dit.

On va s'agrandir si elle vend, annoncé-je à Josefa. C'est dans les tuyaux.

Elle sort deux bières du frigo pour trinquer.

On va doubler nos pages, on va s'éclater, ajouté-je, la mousse aux lèvres. J'ai une pensée pour Rodolphe, il sera fier de nous.

Je vois encore Robert passer cette porte, déclare Josefa. Lui aussi. Ils ont porté *L'Éveil* à bout de bras, tous les deux.

J'acquiesce modérément et inspecte les dernières nouvelles mais il n'y a rien de nouveau et je donne le coup d'envoi à Josefa. Je m'assois un moment, les bras croisés derrière la tête. Je lui raconte ce qui est arrivé à ma chemise car je vois qu'elle s'interroge.

Nathan, ces deux femmes sont toxiques, conclut-elle après m'avoir entendu.

Ah bon.

De fortes rafales cinglent la route, le vent s'engouffre dans la forêt qui la borde, l'écume blanchit le lac qui se hérisse contre la berge. J'arrive pour les aider à fermer les volets et elles se remettent devant les infos cependant que je me lave les mains. Quand je m'approche, ils passent les images d'une propriété sur les hauteurs, à demi cachée dans les bois, et je vois Sylvia qui se raidit sur le canapé. Je pense que ça n'a pas échappé à Gaby.

Il semble que l'étau se resserre, dis-je en finissant de m'essuyer les mains.

Sylvia bondit aussitôt de son siège et nous apostrophe en choisissant l'attaque.

Quoi, j'ai eu des rapports avec lui, mais c'est bon, s'emporte-t-elle. Il est mort.

Je baisse la tête sur le torchon que je suis en train de triturer inutilement.

Dommage, dis-je, j'aurais aimé l'étrangler de mes mains.

J'enfile un bonnet et je ressors. J'ai beau être au courant, c'est toujours difficile à entendre. Et encore plus désagréable lorsqu'ils ont un visage. Ainsi, plus j'en apprends sur Richard, plus il me dégoûte. Je lève les yeux sur la gouttière, mais aucune chance qu'elle soit là, avec ce vent.

Je prends Coton et le mets dans mon blouson, la tête sortie. Avec les femmes, c'est plus compliqué. Gaby vient me rejoindre. Explosant toutes les règles que nous nous sommes fixées, elle glisse son bras sous le mien et se tient à côté de moi et ne dit rien.

Laisse-moi encore quelques minutes et ça va aller, déclaré-je.

Tu es quand même un drôle de type, dit-elle. J'ai cru te connaître pendant des années. Et puis tout a changé, tu es devenu différent, ou bien je t'ai perçu autrement, je ne sais pas, enfin voilà, voilà où nous en sommes, dans cette situation inextricable, il faut bien le dire, et j'en suis autant responsable que toi, j'insiste là aussi. Ni toi ni moi ne nous sommes tendu de traquenard, Nathan. Les choses nous tombent dessus, on ne choisit pas.

N'empêche que ça me les scie, grimacé-je. Ma femme avec cette ordure. C'est difficile à avaler, je regrette. Je sais ce que tu vas me dire. Désolé, mais ça passe mal. J'ai le droit, non. Ce n'est pas un esprit large qu'il faudrait, c'est un aérodrome, putain.

Sylvia arrive au bon moment, toute souriante, avec les verres qui justement nous manquaient. Elle me demande si je suis toujours fâché.

Fâché n'est pas le mot exact, dis-je. En fait, je ne comprends pas ces endroits où tu vas te fourrer, ou alors c'est le signe que je vieillis.

Un vent plus fort se lève et nous coupe la parole, nous rentrons.

La police est tombée sur une mine d'or avec cette histoire, ça part dans tous les sens, dis-je, accroupi devant la cheminée.

Gaby se tient sur ma droite, à quelques mètres – elle me regarde en tapotant vaguement des coussins –, cependant que Sylvia glisse dans mon dos et vient se poster sur ma gauche en catimini. La prise en tenaille classique. Cela étant, je préfère qu'elles fassent bloc contre moi, je préfère qu'elles soient unies – si je penche vers l'une, je me vois dans la minute qui suit en plein rétropédalage vers l'autre.

Qu'est-ce qui te tracasse autant, me demande Sylvia en s'accroupissant sur ses talons.

Je sens monter la boue, pas vous, les interrogé-je. Tâchons de ne pas nous prendre les pieds dedans, mais c'est vous qui voyez. Je suis là en soutien.

Gaby se remet à battre ses coussins d'un air satisfait. Ne noircis pas tout non plus, dit-elle.

Sylvia sourit et pose une main sur mon genou.

J'ai peur que le monde soit plus terrible qu'il n'y paraît, lui soufflé-je en me levant. Je l'embrasse sur la tête. Je crois que j'aurais fait un meilleur père que je ne fais un mari. Mais Gaby a raison, on ne choisit pas, et je n'ai rien à redire là-dessus, je ne discute pas. Je ronge mon frein.

Je prends une douche et à mon retour elles sont en train d'ouvrir les volets car le vent est tombé. Le clair de lune brille d'un blanc pur, alors qu'en réalité les écueils se dressent l'un après l'autre dans l'obscurité et transpercent la surface, et c'est un sport éreintant de les éviter. Je pense que sans ma vasectomie, toutes ces choses auraient pris un autre sens, une autre forme, mais j'ai déjà épuisé toutes mes larmes, toutes mes rages à ce propos, remuer le couteau ne sert plus à rien.

Je n'ai pas de nouvelles de Barbara depuis la dernière fois et je lui rends visite dans le cadre de la rencontre hebdomadaire des cotons de

Tuléar sous les frondaisons du parc. Nous attendons un moment, mais il ne vient personne.

Qu'est-ce que je vous disais, ricane-t-elle avec un sourire mauvais. Toute cette bande de ploucs. Ils me le paieront. C'est gentil d'être venu. Je me suis posé la question.

Vous me faites de la peine.

Vous m'en faites, vous aussi.

Je plisse les yeux pour lui exprimer ma gêne.

Je vous l'ai dit, Barbara, nous nous sommes arrêtés à temps. Et je ne vous parle même pas de l'agitation qui règne en ce moment. J'ai pensé à vous. J'étais impatient de vous voir.

Elle est encore un peu tendue après les défections, l'humiliation qu'elle vient d'enregistrer, mais elle prend sur elle et se radoucit un peu.

Vous imaginez une guerre avec de tels gens, de tels froussards.

Oui, mais vous. Comment allez-vous. Est-ce que ça va.

Oh mais très bien, je vais très bien, pourquoi ça n'irait pas. Je les emmerde.

Elle a un certain courage, me dis-je, on sent qu'elle n'a pas peur, qu'elle ne va pas fléchir. J'espérais la trouver dans de telles dispositions plutôt que lessivée, prête à craquer. Je suis satisfait, elle me convient ainsi. Je ne doute pas qu'elle a dû subir une sacrée pression durant les jours qui ont précédé l'enterrement, ils n'ont pas dû la lâcher. Or je vois qu'elle tient bon – et je respire.

Néanmoins, il se pourrait qu'elle ait senti mon soulagement – aussi discret qu'il m'ait semblé –, car elle se presse contre moi sans prévenir et m'embrasse à pleine bouche au point que j'en trébuche après m'être ouvert la lèvre contre ses dents. Je la repousse avec détermination, sans faire de commentaire, sans prêter attention au fait qu'enhardie, l'œil vif, elle en a profité pour toucher ma lèvre endolorie et y prélever une goutte de sang du bout d'un doigt qu'elle fourre aussitôt dans sa bouche en roulant les yeux.

J'attends qu'elle ait terminé ses bruits de succion pour lui demander si c'était bon.

Vous êtes quand même terrible, ajouté-je. Quand on vous dit non, vous comprenez oui. Pourtant Dieu sait si nous en avons parlé.

Eh bien, je n'ai pas pu m'en empêcher, que voulez-vous que je vous dise. Vous n'allez pas en mourir. Vous n'allez pas non plus me faire un procès.

Je souris, sensible à son humour décalé.

Quand je rentre, Gaby et Sylvia ne sont pas là. Le soir tombe lorsque je réceptionne la machine à laver enfin réparée, et je reprends mon travail pendant que les livreurs s'invectivent dans la buanderie pour une histoire de programmateur. Je poursuis ma lecture des travaux des candidats qui se sont manifestés pour rejoindre *L'Éveil* et j'envoie mes remarques à Josefa au fur et à mesure. Je sais qu'elle n'en peut plus et qu'elle rêve de voir arriver des renforts et j'aimerais pouvoir régler ce problème rapidement, parce que si elle nous lâche, si elle meurt d'épuisement, ai-je averti Gaby, c'est la fin des haricots, je suis incapable de la remplacer.

Je baisse les yeux sur Coton endormi à mes pieds, sur le tapis, puis sur la créature somnolente juchée sur le dossier d'une chaise. Dans des genres différents, me dis-je, ils sont aussi moches l'un que l'autre, mais d'agréable compagnie en ce qui me concerne. Dès que je bouge, l'un des deux ouvre un œil.

Je ne sais pas comment appeler cette chose, cette gorgone rutilante. Je ne sais pas ce qu'elle me veut mais j'ai cessé très vite de me le demander. Ça ne me gêne pas du tout qu'elle soit là. Quand il y a du monde, elle se met dans un coin et elle n'en bouge plus. Je finis par l'oublier, parfois. La nuit, elle me sert de veilleuse, elle ne luit que faiblement, d'un jaune orangé qui enfle avec le jour. Je l'ai regardée d'assez près et je me suis aperçu qu'elle était couverte de fines écailles, très souples, presque invisibles, translucides – je l'ai touchée et j'ai cru caresser le ventre tiède d'un lézard endormi en plein soleil.

Gaby rentre la première, dans un courant d'air frais qui a l'odeur du soir. Elle a des rendez-vous toute la journée depuis que le bruit court qu'elle est prête à vendre – et si son charme opère sur eux comme il agit sur moi, il me semble que nous n'aurons pas trop à attendre avant que les gars mettent la main à la poche et enlèvent le morceau.

Gaby n'a pas de problème avec l'alcool mais elle ne prend pas le temps d'ôter son manteau et d'emblée se sert un verre qu'elle emporte sur le canapé avec un soupir exténué. Je lui retire ses chaussures tandis qu'elle déplore le mortel ennui de sa soirée. Au fond ces gens n'ont aucun goût, aucune ambition, aucune valeur réelle, ils sont presque sans vie, déclare-t-elle. Je les regardais manger et je pensais quelle tristesse. Mais je crois que Richard Brunevigne était encore le pire d'entre eux.

Ils chassent souvent en meute, répliqué-je vaguement, car je m'amuse de les voir l'une à côté de l'autre, à moins d'un mètre, et il ne se passe rien, la créature me fixe sans broncher de ses yeux jaune pâle à la pupille fendue et Gaby, sans remarquer quoi que ce soit, poursuit sur les efforts qu'elle a dû déployer durant toute la soirée pour tenir jusqu'au bout.

Elle tend la main pour que je vienne m'asseoir près d'elle, ce que je fais après m'être servi un gin parfumé à la fleur de vigne bien tassé.

Ah, annonce-t-elle, et puis j'ai eu cette Nicole, mais dis-moi, cette femme est complètement givrée. Elle se désespérait parce qu'elle ne parvenait pas à te joindre.

Oui, c'est un problème, opiné-je d'un ton grave. Sa mise à pied lui a flanqué un coup sur la tête. Il faut la voir avec ses ennuis gastriques, par-dessus le marché, et elle ne me dit pas tout. Je suis perplexe, tu sais. Je doute que ça aille en s'arrangeant, je commence à la connaître.

Je prends ses jambes sur moi et lui masse les pieds.

Et puis voilà, nous l'avons fait. Pas tout de suite, mais une demi-heure plus tard, quand nous en avons eu assez de nous retenir par crainte d'un retour impromptu de Sylvia, qui aurait déclenché un sérieux malaise. Rien de programmé, bien entendu, il s'est produit comme une glissade, comme de mettre un pied sur une planche savonneuse. Enfin, quand je déclare que nous l'avons fait, c'est surtout moi, par la force des choses. Elle s'est tendue comme un arc en moins d'une minute. J'ai dû la tenir ferme au cours d'un épisode un peu scabreux en priant pour que ma femme ne débarque pas en catastrophe et n'y mette le holà.

Je sors prendre l'air cependant que Gaby monte dans sa chambre pour se changer. Coton et la créature m'accompagnent, mais Coton et moi nous nous connaissons assez bien à présent et il marche devant en frétillant tandis que la créature trottine maladroitement à mes côtés, peu à l'aise sur ses pattes assez difformes, mais je lui adresse un coup d'œil navré quand elle trébuche. J'ai pitié et je m'arrête et m'assois dans l'herbe et lève un instant les yeux sur le ciel noir et puissant en passant le dos de ma main sur mes lèvres encore humides.

Tu n'as pas la moindre idée des méandres de l'âme humaine, fais-je en me tournant vers elle sur un coude pendant qu'elle bâille.

À peine arrivée, Sylvia nous annonce que sa boîte va fermer. Elle est un peu défaite, sur les nerfs, et nous demande de cesser de la regarder avec des yeux de merlan frit. Ah, puis je m'en fous, poursuit-elle en se dirigeant vers le frigo.

Ah merde, me décidé-je à placer cependant que Gaby, l'œil rond, laisse tomber un magazine sur ses genoux.

Bon, mais ça couvait, c'était à prévoir, poursuit-elle en décapsulant sa canette de Perrier.

Ils vont mettre la clé sous la porte. Ils virent tout le monde. Cabinet d'architecte de mes couilles.

Je sais ce qu'elle ressent. Je me suis trouvé dans la même situation il n'y a pas si longtemps, quand Rodolphe m'a viré de *L'Éveil*. Je pense à Nicole aussi, brusquement flanquée à la porte. Je sais que ce n'est pas drôle. Songer qu'il y a pire ne sert à rien et a le don d'exaspérer.

On bossait sur certains projets depuis des mois, soupire Sylvia. Ça fait vraiment mal au cœur.

Je mets un peu de musique mexicaine en sourdine pour réchauffer l'ambiance mais Sylvia fait front d'elle-même et se redresse fièrement. Elle ne me déçoit pas, elle a toujours fait face. Je la revois regardant ma bite à jamais éteinte et s'écriant l'important c'est qu'on s'aime, en refermant ses bras autour de mon cou. J'en ai encore la chair de poule. Elle m'a donné le meilleur d'elle-même, je pense. Que d'autres se partagent les restes m'est bien sûr insupportable, mais bon. Elle ne voulait pas avoir d'enfant et elle n'en a pas eu.

Gaby se lève en resserrant la ceinture de son peignoir et prend sa fille dans ses bras un instant. Je les revois, là aussi, s'étreignant de cette manière pendant que sa maison brûlait et que l'on se demandait où Robert était passé. Je répondais que je n'en savais rien, et entre-temps le toit s'était effondré dans un fracas.

Je ne me plante pas devant le feu pour me donner une contenance en triturant les braises mais parce que le spectacle est d'une profondeur sans fin.

Gaby déclare qu'elle va se coucher parce qu'elle a eu son compte d'émotions aujourd'hui. Je fais volte-face en lui adressant un signe de la main. Nos regards se croisent. Sylvia sort son vapo en déclarant qu'elle doit décompresser.

Bonne idée, lui dis-je. Tu n'es pas la seule.

Je suis tellement en colère, finalement, déclare-t-elle avant de tirer une longue bouffée de son ustensile.

J'attends mon tour en prenant place à côté d'elle sur le canapé.

C'est rare de ne pas faire l'expérience de la désillusion, avancé-je. Ne crois pas qu'on passe toujours entre les gouttes.

Elle hausse les épaules. Ça tombe bien, car je n'ai rien de plus à ajouter afin de la réconforter. Il m'a fallu beaucoup de temps pour me sortir du désastre où l'impuissance m'a plongé – et me plonge encore, malgré certaines lueurs en demi-teinte qui chaque fois m'enragent. J'ai mis du temps à me reconstruire, à dresser quelques murailles, et il me semble que je tiens bon.

J'aime bien l'herbe qu'elle fume, très relaxante, et qui convient parfaitement à notre tête-à-tête silencieux. Je m'affale un peu, croise les pieds sur la table basse et lui prends la main.

Et ce printemps qui tarde à venir, dis-je. Ils nous auront tout détraqué, il fallait s'y attendre. L'année dernière à cette époque, le mimosa fleurissait, souviens-toi, et le bois aux sept écorces, on aurait dit qu'il était en feu. Bon Dieu, quand je vois un type couper un arbre, j'ai envie de lui scier une jambe. Et tant pis pour le sang.

Sylvia tourne la tête pour me regarder en fronçant les sourcils d'un air soupçonneux.

À quoi ça sert de rabâcher sans arrêt ces vieux trucs, fait-elle avec une grimace.

Tu as raison. À pas grand-chose. Mais si on rajoute des pages, écoute, si on embauche du monde, pourquoi on se gênerait pour en parler.

Nous discutons encore pendant un moment jusqu'à ce qu'elle s'écroule peu à peu contre moi en déclarant qu'elle est cassée.

Oui, elle est bonne. C'est de la colombienne, demandé-je.

Elle ricane et se lève en gémissant. Je lui tiens le bras pour l'accompagner jusqu'à la chambre car son pas n'est guère assuré mais ça la fait rire. Puis je retourne dans le salon pour vaguement ranger et éteindre les lumières, et lorsque je pousse la porte, elle est allongée sur son lit, nue comme un ver.

Plus tard, cependant que j'erre dans la maison comme un somnambule avec une bouteille d'eau à la main, je reste abasourdi par l'ironie du sort, d'une manière générale, sans doute, mais ce qui vient de m'échoir en deux temps trois mouvements, cette concomitance d'évènements totalement improbables, me laisse encore baba. Il y avait une chance sur un million et peut-être davantage. Le même soir, à quelques heures d'intervalle. Je raconterais ça, on me dirait que je prends les gens pour des cons ou que je suis un fieffé mythomane, et je ne pourrais pas leur en vouloir.

Je m'étais d'ailleurs arrêté en la voyant, j'avais en mémoire mon agenda et je savais que nous n'avions rien prévu de la sorte jusqu'à la fin du mois. Non pas que j'aie rechigné à faire une entorse au planning, mais c'était déroutant. Je n'ai pas cessé d'y penser en le faisant. Impossible de m'empêcher de les comparer, c'était atroce et divertissant. Je me demandais si dans le noir je serais capable de les reconnaître. Laquelle des deux était la plus réactive, laquelle des deux poussait les plus hauts cris en m'attrapant par les cheveux, etc. Assez puéril de ma part, mais les hommes restent tous des enfants, au fond. Un rien les amuse.

Je m'assois dans l'obscurité. Coton se lèche une patte alanguie et la créature luit faiblement dans un coin comme un bloc d'ambre. Je ne suis pas fâché, néanmoins, de la tournure que prennent les évènements, même si j'ai le sentiment qu'ils se compliquent – car ils m'échappent.

Bon, les amis ne bougez pas, déclaré-je en me levant, je vais me chercher du baume pour les lèvres. Je les sens toutes sèches, d'accord. Je reviens.

Le lendemain, elles sont toutes les deux de bonne humeur. Je ne m'en attribue pas le mérite car il fait beau, le soleil traverse la pièce comme s'il était posé dans le jardin et c'est un jour férié. Je me sens moi-même léger, en forme. Sylvia a passé la moitié de la matinée avec ses compagnons d'infortune, accrochée à son portable tout en marchant de long en large devant la maison, et elle en sort galvanisée, prête à en découdre avec les soudards qui ont niqué la boîte. Je propose des pancakes aux myrtilles, il suffit de les décongeler.

Gaby s'est installée à l'ombre de l'eucalyptus gunnii dont le feuillage cliquette dans l'air déjà tiède. Elle est décidée à pousser un peu les murs de *L'Éveil* et déjà ses avocats planchent sur la vente des terrains. Elle me fait signe d'approcher pour me montrer le plan du projet de rénovation étalé sur la table afin que je lui donne mon avis. Je parcours des yeux l'ensemble en faisant oui de la tête, mais j'ai du mal à m'y intéresser.

Depuis ce matin, Nicole a tenté de m'appeler une douzaine de fois. Je comprends bien que je ne vais pas pouvoir faire le mort jusqu'à la nuit des temps et ce problème me ronge et s'amplifie à mesure que le jour avance et j'en ai l'esprit si encombré que je ne parviens pas à me fixer sur autre chose et certainement pas sur l'agencement de nos futurs bureaux. Lorsque je reçois un nouvel appel de Nicole, je ne réponds toujours pas mais c'est la goutte d'eau qui fait déborder le vase.

D'un coup de voiture, je me gare en bas de son immeuble, traversé de sentiments contraires bien qu'un vif agacement l'emporte largement sur les quelques élans de charité que j'éprouve à son égard – au vrai, je ne me sens pas très à l'aise avec l'attitude que j'ai eue envers elle, quand je ne cherchais qu'à lui tirer les vers du nez alors qu'elle fantasmait sur moi et que je ne mettais pas vraiment les choses au clair et la baratinais sur mon divorce, en vrai faux jeton. Bref. Je sonne à sa porte et elle met un moment avant de venir m'ouvrir. Je lui dis que c'est moi et la porte s'entrebâille sur une vieille femme au teint blême, hirsute, vêtue d'un jogging informe et chaussée d'une ignoble paire de Crocs en résine d'un blanc gris.

Elle s'écarte d'un air sombre pour me laisser entrer. Et alors, lâche-t-elle d'une voix grinçante, vous le faites exprès ou quoi. Vous le décrochez jamais, votre putain de téléphone, ou quoi.

Je vais m'asseoir tandis qu'elle arrive en traînant des pieds. Toujours la même odeur fétide dans son appartement, quoiqu'un peu atténuée. Je la regarde prendre place en face de moi. Je lui demande si elle se sent bien.

Je fais ce que je veux, non. Il n'y a pas encore de loi pour m'empêcher de vous appeler, réplique-t-elle.

Nicole, je ne parle pas de ça. Vous avez vu la tête que vous avez.

Elle baisse les yeux, elle me dit que je peux ouvrir les fenêtres si je le souhaite mais que je ne dois pas allumer la lumière.

Si elle n'a pas pris dix ans, elle n'en est pas loin, mais c'est surtout sa mine fiévreuse qui frappe, sa peau cireuse. Ce n'est plus la femme que j'ai douchée il y a peu et qui n'était pourtant pas au mieux de sa forme. Je laisse les volets à claire-voie tirés et je touche sa main molle puis son front mais elle ne semble pas avoir de fièvre. En revanche, elle se plaint d'avoir mal au ventre, parfois elle est pliée en deux, elle se mord les lèvres. Elle ne sait pas ce qui lui arrive.

On peut attraper de ces horreurs, aujourd'hui, soupiré-je. C'est ébouriffant. Mais ne restez pas comme ça, faites venir un médecin, c'est leur boulot. Est-ce que Barbara est au courant.

Qu'est-ce que ça changerait qu'elle soit au courant, cette horrible femme. Elle attendait la moindre occasion pour me mettre à la porte, et maintenant que Monsieur n'est plus là, elle me flanque dehors aussi sec. D'ailleurs, ça ne lui plaisait pas que je vous connaisse. Sauf que je vous avais rencontré avant elle.

Oui, c'est exact.

Qu'elle ne me prenne pas pour une idiote. Je sais ce que je sais et c'est tout.

Écoutez, ne vous rongez pas les sangs à cause d'elle. Oubliez-la.

Elle m'attrape l'avant-bras et me décoche un regard sévère.

Il n'y a jamais eu de séchoir à cheveux dans cette salle de bains, Nathan, s'emporte-t-elle. Jamais. J'ai passé ma vie dans cette maison. Je connais tout. Il n'y en a jamais eu. Qu'elle me dise pas le contraire, elle le sait bien. Cette histoire de sèche-cheveux, c'est une vraie blague. En tout cas, si on m'interroge, c'est ce que je dirai. Et qu'elle se débrouille.

Je me lève pour me servir un verre d'eau dans la cuisine. La tête me tourne un peu. Je m'asperge le visage et lui demande si elle ne pourrait pas me proposer quelque chose à boire, de même qu'un éventail car on étouffe dans son deux-pièces et sa poisseuse pénombre.

Vous trouvez qu'il n'y a pas assez de bordel comme ça, l'interrogé-je, non mais sincèrement. Vous croyez que c'est la peine de réveiller les morts en ce moment. Laissons Richard dormir tranquille. N'allez pas relancer une enquête qui ne servirait à rien. Peu importe qu'il se soit noyé ou électrocuté ou Dieu sait quoi. Il ne reviendra pas à la vie, quoi que vous fassiez. Je vais vous mettre dans mes favoris. Ne faites pas de bêtises. Pensez plutôt à vous soigner. Si je ne réponds pas, laissez-moi un message et je vous rappelle. C'est juré. Mais n'exagérez pas quand même. Je vous l'ai dit. Être joignable en permanence m'angoisse profondément. Je n'y peux rien.

En sortant de chez elle, relativement fou de rage, regrettant d'avoir plus ou moins cessé de fumer, je décide d'aller voir Barbara dans la foulée pour lui annoncer la bonne nouvelle. Dans un film, le type serait en train de cogner des deux poings sur son volant en braillant. Il n'est pas très tard, le soleil s'est à peine couché, les gens sont sortis des bureaux et déambulent sur les trottoirs, devant les vitrines, en pleine conversation avec leur téléphone. On ne sait pas où ils sont exactement, dans quelle ville, dans quel pays, sur quel continent, on ne sait pas s'ils vont s'arrêter pour manger une gaufre ou baver devant une paire de sneakers ou entrer dans un magasin et acheter ce qu'il faut pour fabriquer une bombe. J'attends que le feu passe au vert. J'envie ceux qui ont une fascination pour le chaos. Je me glisse dans les embouteillages en écoutant un album de Nils Frahm. On me traite souvent de salaud parce que je ne prends pas d'auto-stoppeurs. Je n'ai même pas envie de me défendre.

Barbara a quelques invités. Elle se lève en m'apercevant et m'ouvre grands les bras. Je souris mais la musique n'est pas bonne et la compagnie ne m'enchante guère, au premier abord. Je prends note qu'elle ne se laisse pas abattre, que son angoisse d'être ostracisée a fait long feu. Barbara, il faut que je vous parle, lui soufflé-je, tandis qu'elle s'accroche à mon bras. Elle est à moitié ivre mais encore volubile. Je ne plaisante pas, ajouté-je.

Elle éclate de rire alors que je n'ai rien dit de drôle. Je l'entraîne vers la terrasse accompagné de quelques regards blasés. Je la secoue. Je lui répète ce que Nicole m'a raconté.

C'est très mal barré, fais-je en m'asseyant sur la balancelle. On a un sérieux problème.

Mais non, réplique-t-elle avec un rire de gorge qui aussitôt m'exaspère. Ne soyez donc pas si anxieux, cher Nathan. Profitons de ce beau ciel étoilé. Je m'occupe de cette conne.

Je la fixe un instant. Bon, mais écoutez-moi, lui dis-je, s'ils reviennent sur la thèse de l'accident, c'est cuit. Est-ce que ça vous cause. Est-ce que ça parvient au bon endroit de votre cerveau. Elle vous en veut à mort, elle n'attend qu'une occasion pour se venger, faites-moi confiance.

Oh ça, je sais. Richard lui passait tout. Quand il l'emmenait à certaines soirées, je n'y allais pas. Je n'aurais pas supporté qu'elle me touche.

Attention, Barbara, nous marchons sur un fil, okay. Je ne sais pas si vous me suivez bien.

Ma foi, je ne suis pas aussi stupide, vous savez. Allons, détendez-vous, je sais comment m'y prendre avec elle. Je la connais bien et elle croit me connaître.

Il faudrait rajouter ça à *L'Art de la guerre*, soupiré-je en secouant la tête. Mais ce n'est pas un jeu, Barbara, j'espère que vous êtes sûre de vous. Parce qu'il n'y a pas le moindre droit à l'erreur, ici. D'autant que vous m'embarqueriez dans la tourmente et ça ne me dit vraiment rien, puisqu'on en parle.

J'ai remarqué depuis le début que vous aviez tendance à voir tout en noir, m'annonce-t-elle au moment où une chouette pousse un cri lugubre au fond du parc.

Je ne suis pas parfait, dis-je.

Tout va bien. Faites-moi confiance. Rien de fâcheux ne va nous arriver. Ça vous effraie donc à ce point que je tienne votre petite existence au creux de ma main, me demande-t-elle avec un air de surprise amusée.

Ça nuit à ma tranquillité d'esprit, c'est sûr. J'ai la phobie des maillons faibles.

Elle accuse le coup une seconde mais je m'empresse d'ajouter que Nicole en est le parfait exemple et qu'elle peut nous claquer entre les doigts à tout moment avec cette histoire de sèche-cheveux, et elle sourit de nouveau.

Je la considère avec attention, faisant fi de sa légère ivresse, de son comportement d'hôtesse, mais prenant conscience qu'elle a saisi les rennes de notre misérable attelage depuis un bon moment. Dont acte.

J'ai tort de m'inquiéter, dites-vous, eh bien soit, lui dis-je en rendant les armes. Ma petite existence est désormais entre vos mains, ça vous va.

Ça me va parfaitement bien, se réjouit-elle.

Chacun doit prendre ses responsabilités, vous comprenez. Ça ne peut pas se résumer à une question de muscles.

Plus tard, je m'arrête en ville pour boire un verre au bord du lac, dans un bar tranquille, sans télé, sans musique, sans radio, de sorte qu'il n'y a pratiquement personne excepté quelques solitaires, d'anciens amoureux transis. Coton dort sur mes genoux. J'ai placé une grenadine avec une paille devant la créature mais elle n'y touche pas. Je ne suis pas vexé. Je me demande ce qu'elle pense de cette situation. Et s'il n'y avait que ça. Parfois, il n'est pas question de réfléchir, il n'y a pas trente-six solutions, on fait ce qu'on doit faire et on n'en parle plus. Robert m'avait mis ça dans la tête, ses mots avaient fini par me toucher. Gaby a raison quand elle dit que c'était un connard mais qu'il n'était pas que ça. Nous sommes bien d'accord. Mais nous y serions encore, sinon.

Il n'y a rien à faire dans l'immédiat, en dehors de boire patiemment mon gin avec son tonic à la fleur de sureau en observant les différentes luisances du lac au gré des nuages qui glissent à la surface. Il n'y a rien à entreprendre tant que Nicole tiendra sa langue. Et Barbara semble tellement sûre d'elle, et prête à y veiller, que mon inquiétude reste raisonnable. J'ai vu de quoi elle était capable, j'ai vu sa poigne de fer inexorable, sa volonté inflexible, ses mâchoires serrées jusqu'au bout, jusqu'au dernier souffle, j'ai donc tendance à lui faire confiance. Alors attendons, attendons, nous verrons. J'ai bien à l'esprit que tout peut encore foirer mais je garde espoir.

Eh bien, tu vois, ça ne se passe pas trop mal, me déclare Gaby.

Je sais à quoi elle fait allusion. Je pense qu'il est encore tôt pour en tirer des conclusions mais je ne vais pas lui dire le contraire. Je suis heureux que mon entreprise ait porté ses fruits, que le monde ne soit pas uniquement composé de vaginales irréductibles, pour ce qui me concerne. Je lui retourne son sourire. N'essayons pas de nous projeter plus loin. Ce n'est pas voir tout en noir que de ne pas donner cher de ce qui nous attend tôt ou tard, c'est se rendre à l'évidence.

Je ne lui ai pas dit d'où je venais. Elle se préparait à manger seule. Sylvia avait prévenu qu'il ne fallait pas l'attendre. Nous étions dans la cuisine, devant le frigo ouvert, quand elle m'a fait cette réflexion.

Et tu es content, me demande-t-elle.

Je suis content que ça t'ait plu, finis-je par déclarer. Ce n'était pas joué. J'avais le trac.

Et moi donc. Ça ne pouvait plus durer, non. Mais quelle libération tout à coup, quel soulagement. J'en étais sûre, je le pressentais.

Je sors mes lunettes pour examiner la date de péremption sur un pack de yaourts. Une douce tiédeur m'envahit quand elle se penche par-dessus mon épaule, effleure mon dos avant d'attraper un bol de compote de pomme. Je sais que je pourrais me redresser et la saisir dans mes bras, mais à quoi bon. Nous en faisons déjà assez, il me semble. Nous n'allons pas passer notre temps à nous bécoter. D'autant qu'elle reste hors d'atteinte, pour moi. Qu'elle m'ouvre ses cuisses est déjà énorme, mais au fond c'est *peanuts*. Qu'elle m'ouvre son cœur et on verra. J'ai eu le temps d'en prendre mon parti, quoi qu'il en soit.

Je regrette de ne pouvoir la mettre au courant de ce qui se trame. Elle comprendrait mieux mon manque d'entrain.

Pas toi, me demande-t-elle. Ne sentais-tu rien venir.

J'ai encore du mal à y croire.

Mais ce n'est pas trop dur pour toi, dis-moi la vérité.

En réponse, je me fends d'un vague sourire.

Je ne doute pas que nous ne puissions réaliser des progrès en la matière, nous servir de notre imagination, de situations diverses, d'objets qui pourraient améliorer notre quotidien, mais ne délirons pas, quand nous aurons tout épuisé, tout essayé, nous resterons là à nous fixer d'un œil incrédule, silencieux, les bras ballants. Un horizon qui ne me fait pas – et ne me fera pas – bander, malheureusement. Sylvia prétend que cette manière d'accepter l'inacceptable, de jouer les protecteurs, les ordonnateurs de l'ombre, les inflexibles, les bons samaritains, etc., vient de là, que je n'étais pas comme ça, avant. On le serait à moins. Et pour le dire autrement, de façon légère, je n'ai pas compté ma peine, il y avait du ménage à faire – et je ne rêvais plus depuis longtemps d'une vie sexuelle aboutie.

Je ne regrette rien, bien entendu, je ne me plains pas, elle me le rend au centuple. Et je ne parle même pas de ce qu'elle écrit, qui me laisse béat d'admiration, qui fait vibrer en moi une corde mystérieuse, incontrôlable, qui me coupe le souffle, me plonge dans un bonheur absolu. Je ne suis pas certain que Robert ait lu un seul de ses poèmes en entier. Qu'il erre dans les limbes, après avoir goûté les flammes de l'enfer.

Une semaine se passe et je dois conduire Nicole à l'hôpital car son état a empiré. L'appartement a une odeur fétide, cette fois. Je la trouve recroquevillée dans le bac à douche et c'est tout juste si elle parvient à m'annoncer qu'elle refuse d'être conduite aux urgences. Quoi qu'il en soit, je l'attrape et l'emporte dans sa chambre en la priant de se montrer raisonnable. Sans lui demander son avis, j'ouvre la fenêtre et les volets, et la lumière du jour pénètre à flots. Je reste interdit quelques secondes en la voyant. Un instant plus tôt, j'avais trouvé qu'elle ne pesait pas grand-chose, mais là, elle fait peur. Elle était d'un teint olivâtre lors de ma dernière visite, elle est à présent d'un vert livide, ses traits se sont creusés d'inquiétante manière, ses yeux se sont renfoncés comme des billes de plomb sur une membrane de caoutchouc.

Je n'écoute pas ce qu'elle me dit. Je réfléchis. Dans sa barbe, elle marmonne quelques mots que je ne comprends pas.

Elle m'a empoisonnée, je vous dis, vous êtes sourd.

Je lève les yeux sur elle.

Raison de plus. Habillez-vous.

Je me souviens avoir souhaité que Nicole ne devienne pas un problème. Je croyais au Père Noël. Il faut encore attendre le résultat des examens mais je suis persuadé, par avance, qu'elle dit la vérité. Plus je freine des quatre fers pour repousser l'impensable, plus j'estime que Nicole a vu juste. Si je n'étais pas insomniaque, tout cela m'empêcherait de dormir.

Depuis quelques jours, nous avons changé de rythme à *L'Éveil* qui s'agrandit, accueille de nouvelles têtes, rénove en partie son matériel et augmente son nombre de pages – au point que Sylvia vient nous aider en attendant de trouver mieux. Je n'ai guère le temps, ainsi, de ruminer cette sombre histoire et le peu que j'y consacre la rend moins préoccupante.

Barbara a trouvé ça excitant. Ce sont ses propres paroles et je ne parviens pas à me les sortir de la tête. Je cours me laver les mains en rentrant. Par chance, Gaby et Sylvia sont crevées, de sorte que ma grise mine passe inaperçue – du moins le croyais-je jusqu'à ce que Gaby me caresse furtivement la joue en passant et je lui rends grâce de ne pas m'interroger sur ce qui ne va pas.

J'ouvre une bouteille de vin et je sors. J'ai bien envie d'échanger deux mots avec Barbara, mais je m'emploie à calmer mon ardeur tant que je n'obtiens pas le retour de l'hôpital. Je lance une balle de mousse à Coton qui part ventre à terre sous le regard indifférent de la créature que, visiblement, ce jeu idiot n'intéresse pas une seconde. Mais Barbara ne perd rien pour attendre. Je n'en fais pas une affaire de morale. La créature non plus, je suppose. Dommage que tu ne puisses pas aller lui foutre un peu la trouille, dis-je en m'adressant à elle.

Puis je sens la main de Gaby se poser sur mon épaule. J'attire la main contre mes lèvres et l'embrasse tendrement quand je me rends compte qu'il s'agit de Sylvia, mais peu importe, tout va bien. C'est prêt, dit-elle. Avec qui tu parlais.

Oh, je me parlais à moi-même, à qui d'autre, ricané-je en la saisissant par la taille, puis nous retournons à la maison.

Plus tard, tandis que je louche vaguement sur leurs genoux – elles sont assises en face de moi sur le canapé, l'une en peignoir et l'autre en kimono –, j'estime que cela me suffit amplement car j'ai une barre à l'estomac en pensant à Nicole qui ne mérite pas ce que lui inflige Barbara, cette mort lente, cette dégradation abominable. Je n'ai pas l'esprit à jouer aux cartes, ni à m'occuper de l'une ou l'autre – à moins d'un cas de force majeure, d'un truc inopiné. Laquelle choisirais-tu d'honorer de tes maigres services, me demandé-je en me levant, là, maintenant, si tu pouvais choisir, laquelle serait ton choix pour un tel exercice. La question est délicate. Je sens mes cheveux qui se dressent sur ma tête.

Le lendemain soir, on n'a toujours pas les résultats. On me dit que c'est normal, que je ne suis pas tout seul. Alors je n'y tiens plus, je décide de rendre visite à Barbara pour prendre la température générale avant d'avoir les preuves en main.

Au moins, elle est seule. Elle est en train de shampouiner son chien qui doit passer un concours demain matin. Ses cheveux sont relevés par des pinces, sa blouse est mouillée, émaillée de petites bulles de savon. Cet imbécile s'est roulé dans la cendre, déclare-t-elle. J'ai fait du feu, l'autre soir, j'ai brûlé des tonnes de papiers.

Nicole est à l'hôpital, dis-je. Elle ne va pas fort.

Je sais, j'ai eu son message.

Ça n'a pas l'air de beaucoup vous émouvoir.

Non, effectivement. Nous n'étions pas très proches. Elle pense que je l'ai empoisonnée. Ça fait vingt ans que j'essaie. Écoutez, si vous êtes venu pour me parler de Nicole, je ne suis pas vraiment disposée. Je l'ai virée parce que je ne pouvais plus la voir en peinture, alors lâchez-moi avec elle. Ne commencez pas à me mettre de mauvaise humeur.

Je me le tiens pour dit. Adossé au mur, derrière elle, je la regarde astiquer son chien qu'elle traite énergiquement – il doit se demander ce qui lui arrive car il jappe.

Vous contrarier n'était certainement pas mon intention, la relancé-je *mezza voce.* Nicole n'était qu'un prétexte pour vous voir. Je ne devrais pas être là. Je déconne.

Elle se retourne alors et se colle à moi comme si je voulais lui échapper, pour m'embrasser à pleine bouche. Ça, je ne l'ai pas volé. J'en ai trop dit, je m'en aperçois. Ce n'est pas une sinécure d'être le portrait craché de Joaquin Phoenix dans ses bons jours. Certes, je participe, mais j'en éprouve à la fois du plaisir et de la répulsion. Cette femme est du type mi-ange mi-démon dans la même boîte.

Elle embrasse bien, cependant, je ne vais pas pleurer. Je la repousse mollement. Je n'oublie pas la sale besogne qu'elle est en train d'accomplir afin de réduire son ex-gouvernante au silence. Cette simple évocation ne me met pas très à l'aise. Non pas que le désordre règne dans mon esprit, je veille à ne pas tout mélanger. Je suis le premier à m'offusquer quand un type en supprime un autre.

C'est une détraquée, dit-elle, une dépravée. Elle se promène nue dans les bois, je le sais. Elle est folle. Richard n'a jamais voulu l'admettre.

Je ne lui demande pas de répéter. J'ai bien entendu. Je pensais qu'il ne fallait plus parler de Nicole. Or nous ne sommes pas assis depuis deux minutes dans le salon qu'elle me jette ces informations à la figure sans prévenir. Soudain, quelque chose en moi vacille.

Vous êtes dure, déclaré-je d'une voix faible.

Dure, s'exclame-t-elle, mais bon sang, mais vous n'y êtes pas du tout. Vous m'écoutez ou non. Nicole est une vraie roulure doublée d'une peste épouvantable et elle cache bien son jeu, mais pas avec moi. C'est ce qui l'enrage, qui l'obsède. Elle est son propre poison, vous comprenez, cette garce est capable de se démolir elle-même dans le seul but de me nuire. Elle ne se gratte pas encore les joues jusqu'au sang, j'espère.

Je hoche pensivement la tête. Je prétends avoir oublié mon téléphone dans le pavillon et je ressors. Je contourne la maison, distrait sur quelques mètres par un fort parfum de néroli, puis je m'arrête et m'assois sur le premier siège venu à proximité des orangers en fleur. Elles m'exaspèrent toutes les deux. Coton me rejoint dans la semi-pénombre et s'installe à mes côtés, l'oreille basse.

C'est une situation assez éprouvante, physiquement fatigante, et qui vient s'ajouter à une longue journée de branle-bas à *L'Éveil*, où tout le monde se donne à fond, entre grimace et bonne humeur, voire enthousiasme. Je m'accorde un instant de calme avant de retourner vers Barbara dont je ne sais plus que penser. Si la foudre pouvait les rayer toutes les deux de la carte, me dis-je, ce serait parfait. Personne ne s'en plaindrait.

À la différence de Nicole, Barbara est plus civilisée et je ne crains pas de la retrouver après avoir pris l'air.

Je pense que nous finirons par y arriver, me déclare-t-elle. Maintenant j'ai tout mon temps.

Ça va, vous êtes encore jeune, dis-je en sirotant un cocktail à la fraise qu'elle nous a préparé.

J'ai acheté les recueils de Gaby, dit-elle. C'est formidable. Robert m'en avait parlé, mais il ne les avait pas lus. Il n'y connaissait rien. Il n'aimait pas ce qui le dépassait.

Nous menons encore durant un moment une conversation décousue sans qu'aucune nouvelle tentative hasardeuse de sa part ne vienne troubler notre échange. Au moins, elle me surprend, et c'est heureux car je n'en peux plus, je suis à bout de forces, elle pourrait me montrer de nouveau ses seins et même ses fesses, profiter du fait que nous sommes seuls, dans une maison vide, au beau milieu de la nuit, sans voisinage à la ronde, que ça n'y changerait rien.

Je donnerais cher pour qu'on avance ma voiture.

Je zigzague un peu sur la route déserte, aux bas-côtés touffus de hautes herbes luisantes au clair de lune. Il fait bon, Coton baisse sa vitre et se met le nez au vent, aussitôt rejoint par la créature qui se dresse sur le siège arrière, mais comme c'est compliqué, je lui dis d'attendre une seconde et j'actionne le toit ouvrant. Je rêve de dormir, de passer une nuit normale. Je ne parviens plus à conduire que d'une main quand l'autre pend lamentablement sur ma cuisse comme une chenille morte.

J'ouvre la porte en silence, tout est noir, je marche sur la pointe des pieds pour ne pas les réveiller et je vais me laver les mains à la cuisine, je ne tiens presque plus sur mes jambes. Je bois un grand verre d'eau et j'aime cette faiblesse qui me saisit et qui s'apprête à m'emporter vers un radieux sommeil de plomb.

J'enfile mon pyjama et je m'allonge les bras en croix sans prendre la peine de défaire mon lit. Je ferme les yeux durant quelques minutes, puis je les rouvre. Je fixe le plafond. Je me retiens pour ne pas pleurer de rage, d'âpre frustration.

Je passe l'une des nuits les plus atroces de mon existence. Ma fatigue est immense mais je ne m'endors pas un seul instant. Si j'en avais la force, j'irais me cogner la tête contre les murs.

En revanche, mon cerveau fonctionne à toute allure, des images le traversent que je ne parviens pas toujours à identifier. Certains écrivains, pas les meilleurs, parleraient de pluie d'étincelles, de brillantes fulgurances, de manège incandescent, mais soyons sérieux, il s'agit d'une improbable marmelade, le pauvre est en surrégime et pas une minute de sommeil à l'horizon.

Pour ne pas tomber, je me glisse hors du lit et je traverse la chambre à genoux sur le tapis – encore un peu et je ramperais. J'arrive jusqu'à la cuisine et j'avale d'un trait une canette de boisson énergisante. J'ai hésité entre le Red Bull et les somnifères, mais je ne sais pas si j'ai fait le bon choix.

Je devrais être au taquet en ce moment, on a besoin de moi au journal – et pour la première fois, après toutes ces années, je m'aperçois que j'éprouve un attachement sentimental pour *L'Éveil* –, de sorte que je n'ai aucune envie de perdre mon temps et mon énergie avec le match qui se joue entre Barbara et Nicole. Encore quelques jours à cette détestable enseigne et je vais sombrer.

Dès l'aube, cependant, une douche glacée et quelques gifles bien senties me tirent enfin de cette nuit blanche dont je n'espérais plus l'issue. Je vais m'enquérir du sommeil des deux femmes, je les observe chacune une ou deux minutes dans leurs draps froissés – l'hiver, sous leurs couettes, c'est moins bouleversant, mais le printemps est là, les nuits sont presque douces et l'été sera grand –, puis je file. Je m'arrête à une pharmacie que je connais avant d'arriver dans le centre, et je m'installe à une terrasse pour boire un café pendant que le gars me prépare quelques gélules du genre benzédrine pour tenir le coup et pour ne pas me retrouver sur la touche tandis que le cœur de l'histoire continue de gronder sous nos pieds.

Je retourne à la pharmacie, le gars empoche mon argent, on se fait un check et je reprends ma voiture après avoir bu un peu d'eau pour avaler mes amphétamines – je sais que je ne devrais pas, que ça ne me réussit guère, mais je n'ai pas d'alternative. Je ne peux, quoi que j'en dise, m'empêcher de garder un œil sur la rancœur qui monte, sur les armes qui se fourbissent, rien ne sert de rêver, ça va mal finir, leur histoire. Même dans un monde meilleur, Barbara et Nicole en viendraient aux mains – pour le moins.

Je ne suis pas dans les mêmes dispositions, vis-à-vis de Nicole, que quarante-huit heures plus tôt. Je lui dis, écoutez, nous allons attendre le résultat des analyses.

Ah, je vois, réplique-t-elle sur un ton méprisant accompagné d'un œil torve. Pour jouer les faux culs, vous êtes bon.

Elle est au dernier étage de l'hôpital, seule dans une chambre claire et sa fenêtre donne sur un grand pan de ciel bleu avec une jonquille dans un broc en inox sur la table de nuit, mais son humeur n'en tire aucun bénéfice. La haine l'a envahie, sa bouche se tord en permanence, elle est maigre, elle sue, elle sent le carton bouilli.

Nicole, c'est une accusation très grave, très très grave. Imaginez qu'il s'agisse d'un virus ou d'une saloperie quelconque. Vous voyez le gâchis, vos excuses ne suffiront pas.

Elle, vous la croyez, mais moi vous ne me croyez pas. Vous êtes fier de vous. Je vous croyais différent, mais vous ne valez pas mieux que les autres. Je suis en train de mourir mais vous vous en foutez.

Je ne serais pas là si je m'en foutais. Vous n'êtes pas en train de mourir, vous êtes à l'hôpital et on vous soigne.

Qu'est-ce que vous en savez, vous ne savez rien. Vous la gobez, vous, la farce du sèche-cheveux volant, vous croyez à toutes les conneries qu'elle vous raconte, dites-moi.

Et vous allez faire quoi, riposté-je. Vous allez continuer à tourner en rond avec votre séchoir. Il n'y a que vous, tout le monde s'en contrefiche. Je ne savais pas que vous la détestiez autant, en tout cas. Ça doit être lourd à porter, je vous plains.

Je me lève et vais me poster à la fenêtre, je me mordille les lèvres, les mains croisées dans le dos.

Du jour où elle a mis les pieds dans cette maison, déclare-t-elle au terme d'une quinte de toux caverneuse, tout est parti de travers. C'est pas quelqu'un de normal, vous comprenez. À une époque, ce genre de femme, on les brûlait.

On croyait aussi que la terre était plate.

Elle attrape la jonquille et me la jette avec humeur.

Bon, maintenant écoutez-moi, Nathan, je vais vous dire quelque chose. Pour que vous compreniez. Parce que vous êtes un sinistre crétin mais j'ai encore un peu de sympathie pour vous. Après, vous me direz. Mais vérifiez qu'il n'y a personne dans le couloir et fermez la porte. Faites ce que je vous demande.

J'hésite un instant durant lequel j'ai envie de lui balancer le broc à la tête, puis je m'exécute.

Tout est okay, dis-je en faisant le rond entre le pouce et l'index.

Bon, très bien, asseyez-vous, écoutez-moi et vous allez voir les choses différemment, vous allez comprendre. Vous allez tout comprendre. Le père de Richard est aussi mon père, d'accord. Mais il ne m'a jamais reconnue, vous me suivez.

J'ai servi de bonne à tout faire dans cette famille depuis le jour de ma naissance et cette garce de Barbara me flanque à la porte comme une malpropre, et je vais vous dire pourquoi, pour sauver ses fesses.

Mmm, je vois.

Vous n'auriez pas la haine, à ma place. Je ne vais pas la lâcher, vous comprenez. Ne venez pas me parler d'un poids sur la conscience, gardez votre salive. Ça ne m'atteint pas.

Le dernier coup d'œil que je lui jette, en passant la porte, me donne froid dans le dos. Je pense qu'au même instant un nuage traversant le ciel a plongé la chambre dans une soudaine pénombre et que la vieille forme grise aux cheveux gras, ratatinée, crochue, grimaçante, qui me regarde sortir, ne peut être que la grand-mère, ou encore mieux l'arrière-grand-mère, ou encore le double cauchemardesque de la célèbre randonneuse. Pas la Nicole que je connais.

Elle accuse le coup, sans aucun doute, et elle se tient le ventre en permanence.

Il est encore tôt quand j'arrive à *L'Éveil*. Le soleil clignote de nouveau sur les crêtes et Gaby se trouve déjà à pied d'œuvre. Je la rejoins dans son bureau et je prends quelques notes en secouant la tête, sans la quitter des yeux. Elle est rayonnante. Discrètement, intérieurement, rayonnante – je crois avoir l'œil assez averti, en ce qui la concerne, pour l'affirmer. Certes, je sors d'une entrevue sombre et délétère, la comparaison est brutale, mais je ne pense déjà plus à Nicole. Je pense que nous avons bien fait, quoi qu'il advienne. Je n'ai qu'à la regarder. À présent que l'avenir du journal paraît raisonnablement assuré et qu'elle n'est plus en conflit avec sa fille, elle respire, elle se détend. J'aimerais penser que la relation hasardeuse qu'elle nous propose lui convienne et lui suffise, mais je reste prudent – personnellement, je préférerais qu'elle écrive davantage et j'en serais alors fier. J'aurais été utile à quelque chose.

Elle me demande en souriant où j'ai la tête et, pour plaisanter, je réponds que je regarde ses jambes.

Et bien mal m'en prend car elle abaisse les lamelles en bois du store vénitien et soulève sa jupe pour m'enjamber. Quoi que j'en pense, mon calepin me tombe des mains.

Nous n'avons pas pu faire grand-chose, néanmoins, car les autres sont arrivés, on les entend, mais nous restons fair-play. Surtout moi. La tenir dans mes bras quelques minutes, accueillir sa langue dans ma bouche ou dans une oreille et je suis rassasié.

Je suis bien obligé d'avertir Barbara que Nicole n'a plus qu'une idée en tête. Je la retrouve à la sortie d'un théâtre. On y joue *La Ronde* de Schnitzler, qui me fait toujours ricaner et me remet chaque fois en tête la renversante interprétation d'Aidan Moffat avec son *Glasgow Jubilee*. Barbara, lui annoncé-je en la tenant par un coude, votre vie est en danger. Mais peut-être celle de Nicole l'est-elle aussi, je n'en sais rien. En tout cas, soyez sur vos gardes. Elle ne vous oublie pas.

Il y a du monde autour de nous, je ne peux pas trop m'étendre. C'est l'entracte.

Mais elle s'imagine quoi, s'agace Barbara à voix basse. Que j'ai mis du novitchok dans son verre, c'est ça. Ils n'ont donc pas de service psychiatrique dans son foutu hôpital.

Les gens nous regardent. La sonnerie zézaye et ils retournent voir la suite, comme à regret.

J'espère qu'ils vont la laisser crever, reprend-elle d'une voix sourde. C'est tout ce que je souhaite. Parce que ce rapport incestueux, dégueulasse, qu'ils entretenaient, elle vous en a parlé. Non, bien sûr que non, cette demeurée, cette traînée.

Du coup, elle n'a plus envie d'assister au dernier acte. Je la prends par le coude et l'entraîne vers le bar du théâtre, ses fauteuils en cuir, sa lumière tamisée, déserté comme par enchantement à présent.

On nous sert des *long drinks* et quelques olives dénoyautées.

C'est une mécanique qui s'est mise en marche et que plus rien ne peut arrêter, lui dis-je. Peu importe qu'elle ait raison ou tort. Je crois qu'elle en est là. C'est son épiphanie, je suppose.

Vous pensez que ça m'étonne. Vous me voyez comme un agneau qui tend sa gorge.

Non, mais elle n'a plus grand-chose à perdre. Le danger vient de là.

Elle pousse un long soupir et s'agite.

C'est une famille de dégénérés, siffle-t-elle entre ses dents. Je voulais la virer, de toute façon. Nicole est une vraie chienne, c'est tout ce que je peux vous dire. Vous vous demandez comment j'ai pu supporter ça. Je n'en sais rien. Je ne vaux pas mieux qu'eux, c'est sans doute la meilleure réponse que je peux vous faire.

Je me tourne vers le barman pour commander la même chose avant qu'il ne s'endorme dans sa veste blanche et son nœud papillon sous la pluie d'une boule à facettes.

Elle a quand même de la chance, Gaby, de vous avoir pour elle, déclare-t-elle à brûle-pourpoint.

Je hausse les épaules. Sylvia attend que je repeigne le plafond de la chambre, dis-je, mais je ne parviens pas à m'y mettre. Je me donne jusqu'au milieu du printemps.

Vous savez bien de quoi je veux parler. Mais je ne cherche pas quelqu'un pour refaire la déco, ça tombe bien. Vous remuez quelque chose en moi, Nathan, c'est comme ça. N'en faisons pas un drame. Je ne me traîne pas à genoux au milieu du désert, ce n'est plus de mon âge.

Arrêtez, vous rigolez.

J'ai l'air de rigoler. C'est un rictus.

Nous finissons nos verres et je la raccompagne chez elle. La nuit est douce et tranquille. Les quelques orages prévus dans l'après-midi se sont éloignés. Une légère brume s'est installée au-dessus des bois, de l'autre côté du lac, et s'effiloche mollement en glissant vers les rives. La nuit est encore claire. Je reçois un appel de Nicole et je la prends, je colle mon téléphone à l'oreille tandis que Barbara me pose une main sur la cuisse mais je la laisse faire car elle ne va pas plus loin et se contente de regarder la route d'un air serein, comme si nous partions en vacances.

Vous êtes où, braille Nicole.

Je ne crois pas que ça vous regarde.

Vous me tirez dans le dos ou quoi.

Mais qu'est-ce que vous racontez. Vous devenez complètement parano, ma parole. Vous allez me pister, maintenant. Vous vous sentez bien.

J'aime pas les traîtres.

Personne ne les aime. Dites, je suis en train de conduire, vous ne pourriez pas vous calmer un peu.

Elle est avec vous, la salope, lâche-t-elle dans un grognement sinistre.

Mais qu'est-ce qui vous prend. Vous déraillez. On ne les a pas encore, ces putains de résultats, hein, ils sont où.

Ah, foutez-moi la paix.

Et si vous alliez vous coucher, hein, qu'est-ce que vous en dites.

Je vous déteste. Ah, elle m'aura tout fait. Tu es là, toi, pourriture. Elle m'entend ou pas.

Nicole, passez-moi un docteur ou l'accueil, passez-moi quelqu'un. Je n'aime pas beaucoup vous voir dans cet état, je n'aime pas ça du tout.

Vous, au moins, on pourra dire que vous m'avez drôlement déçue, gémit-elle rageusement avant de raccrocher.

Je finis par avoir une infirmière de l'étage. Elle se racle la gorge, bafouille un instant avant de m'apprendre que Nicole est introuvable. Sa chambre est vide.

Ah, super, formidable, ah, bravo, dis-je en me garant devant chez Barbara, le front soucieux.

Je fais quelques pas derrière elle, jusque devant sa porte.

Vous m'expliquerez, un jour, pourquoi je vous fais si peur, me demande-t-elle en tapant son code.

Je n'ai pas le temps de répondre ni elle de pousser un cri.

Je m'attaque au plafond de notre chambre, ce matin, après avoir tergiversé durant des jours. J'ai attendu que le calme revienne et d'avoir digéré les pénibles évènements qui se sont succédé depuis la sortie de l'hiver et se sont conclus en sanglante apothéose – et par l'internement de Nicole –, il y a presque un mois déjà.

J'ai longuement discuté avec le gars qui m'a vendu la peinture. Je ne vais pas recommencer les mêmes erreurs. Je n'ai pourtant aucun goût pour les travaux de peinture, et pour le ponçage encore moins, mais je n'aurais laissé personne le faire à ma place.

Je m'offre une courte pause dans l'après-midi, et bien que le décès de Barbara provoque encore chez moi certains accès d'amertume, je suis enfin rassuré. Je sais que je l'ai échappé belle, que tout pouvait s'effondrer si elle craquait pour une raison ou une autre, que tout serait balayé, ne tenait qu'à un fil, serait anéanti. Avec du recul, j'en ai encore des sueurs froides. Ce n'est que le milieu de la journée. Il est encore tôt mais elles ne tarderont plus guère. Je repense à cette invraisemblable complicité qui m'a rongé pendant des jours et des nuits, cette épée suspendue, wallah, j'aurais pu attraper un ulcère.

Que cela m'apprenne à être prudent. Je ne l'ai pas suffisamment été. Je le suis. Mais toute cette histoire me confirme bien qu'un grain de sable peut enrayer la machine, qu'un souffle d'air peut déglinguer une montre suisse. Mais on ne m'y reprendra plus, dorénavant. La créature boit dans mon verre à la paille. Il y a du progrès. Je me lève et quitte l'ombre du mimosa pour finir mon plafond. Coton me suit.

Du même auteur (suite)

Récit

Ardoise, Julliard, 2001.

Théâtre

Lui, l'Arche, 2008.

Nouvelles

50 contre 1, B.F.B., 1981.
Crocodiles, Bernard Barrault, 1989 ; J'ai lu n° 2785.
Lorsque Lou, avec Miles Hyman, Gallimard/Futuropolis, 1992.
Bram Van Velde & Philippe Djian : XXe siècle, Flohic, 1993.
Contes de Noël, avec Gilles Vidal et Daniel Pasquereau, Méréal, 1996.
Mise en bouche, Gallimard, 2008.
La Fin du monde : reloaded, avec Marie Darrieussecq et Horst Haack, Alternatives, 2010.
Un écrivain à Shanghai, *Revue Long Cours* n° 5, 2013.
La Crème de la crème, Mondadori magazines France, 2015.

Bandes dessinées

Mise en bouche, avec Jean-Philippe Peyraud, Futuropolis, 2008.
Lui, avec Jean-Philippe Peyraud, Futuropolis, 2010.

Cet ouvrage a été mis en pages par

<pixellence>

CET OUVRAGE
A ÉTÉ ACHEVÉ D'IMPRIMER
SUR ROTO-PAGE
PAR L'IMPRIMERIE FLOCH
À MAYENNE EN JANVIER 2023

N° d'impression : 101856
N° d'édition : 437650.0 – Dépôt légal : février 2023
Imprimé en France